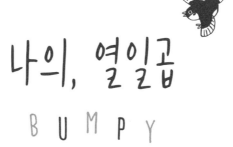

나의, 열일곱
BUMPY

지은이 | **이토 미쿠**

옮긴이 | **이중현**

춘희네책방

목차

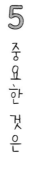
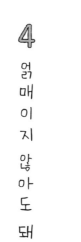

나의, 열일곱

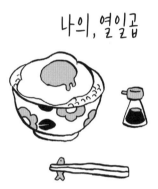

1 누구야 너!

아침은 정신없이 바쁘다.

먼저 세탁기를 돌린 다음 쌀을 씻는다. 이전에는 취사를 예약하고 자면 되는 일이었지만, 지난주 예약 기능이 고장 나는 바람에 밥 짓기는 아침 일과 중 하나가 되었다. 거실에서 어제 널어놓은 빨래를 개면서 일기예보 소식을 확인하고, 청소기로 거실을 가볍게 청소한 후 꼬맹이들을 깨우기 위한 아침 식사를 준비한다.

된장을 물에 풀어 된장국을 만들고 프라이팬에 달걀 5개를 하나씩 깨트린다. 물을 약간 부은 다음 약불 상태로 뚜껑을 덮는 게 나만의 방법. 된장국 냄비에 불을 끄고, 갓 지은 흰쌀밥을 작은 밥그릇 세 개와 큰 밥그릇 한 개에 나누어 담는다.

이 시점에서 꼬맹이들은 아직 꿈나라 상태. 속으로 음식이 다 식겠다고 생각하면서 식탁 위로 국과 밥을 올려놓고 복도쪽으로 얼굴을 내민다.

"다마키(環)! 도모에(巴)! 가나데(奏)!"

계단 밑에서 동생들의 이름을 큰 목소리로 부르고 주방으로 돌아가 프라이팬 뚜껑을 열자, 달걀노른자 위로 씌워진 투명한 막이 하얀색으로 변하면서 보글보글 소리를 낸다.

좋아, 완벽해!

불을 끄고 완성한 반숙 달걀 프라이를 작은 밥그릇에는 하나씩, 큰 밥그릇에는 두 개를 얹는다. 동시에 계단을 밟고 내려오는 발소리에 고개를 돌리자 다마키와 도모에가 주방으로 들어온다.

"오늘 당번인 거 깜빡했어! 어떡해."

다마키는 빨간 고무줄로 곱슬머리를 두 차례 감고는 의자에 앉아 '잘 먹겠습니다!'라고 말한 후 계란프라이와 밥을 허겁지겁 먹기 시작했다. 옆자리에 앉은 도모에는 오늘도 계란프라이 덮밥이냐며 불평하다가 무심코 마신 된장국에 '앗 뜨거워.' 소리를 내며 얼굴을 찌푸렸다.

앞치마를 풀고 둘의 맞은편에 놓인 의자를 꺼내면서 2층을 올려다봤다.

"가나데는?"

"아직 꿈나라 아닐까?"

"깨워봤는데 대꾸도 안 해."

둘 다 고개를 파묻은 채 쉴 새 없이 젓가락을 놀리며 대답했다.

하여간……. 식탁에서 꺼낸 의자를 다시 집어넣고 2층으로

올라간다. 이불 안에서 웅크려 자는 가나데를 품에 안아 1층
으로 내려오니 다마키가 책가방을 어깨에 걸치고 문밖으로
막 나가고 있었다.

"자동차 조심하고!"

뒷모습을 향해 말을 걸고 주방으로 돌아오자, 도모에도 다
먹었는지 빈 그릇을 싱크대에 가져다 놓고 있었다.

올해 4월부터 다마키는 5학년, 도모에는 4학년이 되었다.
둘 다 내게 볼멘소리 하면서도 조금씩 자기 앞가림을 해 나간
다. 식사 후에 다 먹은 그릇은 싱크대로 가져다 놓고, 빨래를
개어 두면 알아서 옷장에 넣어 놓는다. 집안일도 정했다. 도모
에는 화단에 물 주기, 다마키는 목욕탕 청소를 각자 맡았다.

밖에서 친구가 부르는 소리에 도모에도 '다녀오겠습니다!'
라고 말하고 달려 나갔다.

마지막으로……

바닥에 철퍼덕 엎드린 채 눈을 비비며 하품하는 가나데에
게 다가가 머리를 콕 쥐어박았다.

"일어나. 밥 먹자. 학교 가야지."

막내라서 그런 것일까. 가나데도 올해 1학년이 되었지만,
아직 아기 때처럼 대하고 만다. 가나데가 크게 하품하고는 의
자에 앉아 아침을 먹기 시작했다. 나도 옆에서 다 식은 계란프

라이 덮밥을 먹는데 세탁기에서 삐— 삐— 소리가 울렸다.

"가나데, 편식하지 말고 먹어."

"응. 다 먹을게."

착한 아이라며 머리를 쓰다듬은 다음 입안으로 밥을 욱여넣고 된장국을 들이켰다. 텔레비전에서 오후에 비가 내릴 확률이 60퍼센트라고 했으니, 오늘은 실내 건조다. 빨래를 가져와 거실 마루에 널어놓는다. 식구가 넷이다 보니 매일 세탁기를 돌려도 끝이 없다.

마루에 빨래를 널고 주방으로 돌아오니 가나데도 식사를 막 끝낸 참이었다.

양치질 잊지 말라는 말과 함께 보리차를 담은 물병을 건넸다. 곧 있으면 10월이지만 여전히 날이 덥기 때문에 초등학교에서는 등교 시 물병을 지참하도록 안내하고 있다.

8시 3분. 평소보다 10분 정도 늦다. 자전거 앞 바구니에 가방을 던져 넣고 가나데를 부르자 새로 산 책가방을 등에 멘 가나데가 뒷자리에 올라앉았다.

"그러면 출발한다!"

"출바알—"

뒷자리에 앉은 가나데가 팡 하고 엉덩이를 들었다 내리는 것을 신호 삼아 페달을 밟았다. 8시 8분, 등교 마감 시간 직전에 교문 앞에 도착했다. 가나데는 평소처럼 자전거에서 깡충 내려서 손을 좌우로 흔들었다.

나도 똑같이 손을 흔들었다. 가나데가 교문 안으로 뛰어가는 모습을 확인하고 나서야 겨우 한숨을 돌렸다.

세 여동생 전부 무사히 등교 완료.

여기까지가 매일 아침의 일상이다.

귓가에 울리는 초등학교 종소리를 들으며 천천히 자전거를 움직였다. 나는 이미 지각이어서 굳이 서두를 필요가 없다. 3분 늦든 30분 늦든 지각은 매한가지니까.

그건 그렇고 너무 덥다.

9월 말인데도 며칠째 30도 가까운 더위가 이어지고 있다. 목을 타고 흐르는 땀을 닦는데 등 뒤로 따르릉 벨 소리가 울리면서 검은색 자전거가 나란히 섰다.

"나리(成) 안녕."

한 살 어린 소꿉친구 시라키 노부나가다. 줄여서 노부다. 나는 자전거 페달을 느릿느릿 밟으며 곁눈질로 노부를 쳐다봤다.

"한 살 형 이름 막 부르지 말라고 했지. 나는 고2, 너는 고1이라고. 언제쯤 똑바로 부를 거야."

"이제 와서 '다카히라 형'이라고 부르는 것도 닭살 돋지 않아?"

"그렇지 않아."

노부가 혼자 중얼거리며 페달에서 양발을 떼고 지그재그로 운전한다.

"그러고 보니 아버지는 집에 돌아왔어?"

5개월 전, 아버지는 가나데의 입학식 다음 날 집을 나간 뒤 소식이 묘연하다. '시스템 엔지니어'라는 장소에 구애받지 않는 직업인지라 매달 정해진 날짜에 통화등기로 생활비를 보내고, 한 달에 한 번 내가 집에 없는 시간대를 골라 동생들과 통화한다. 동생들한테 아버지와 어떤 이야기를 했는지 물으면 '다들 잘 지내지.' '오빠가 하는 말 잘 들어야 한다.' 같은 말만 하고 정작 중요한 얘기는 쏙 빼놓는다.

곁눈질로 노부를 쳐다봤다.

"그건 왜 묻는데?"

"응?"

"왜 집에 돌아왔다고 생각했는데?"

"아빠가 역 앞에서 봤다고 해서."

끼익ㅡ 서둘러 브레이크 레버를 당겼다. 노부는 몇 미터 더 가다가 멈춰 섰다.

"그게 언제였는데?"

노부가 발끝으로 땅을 통통 차며 되돌아와서 무슨 말이냐고 물었다.

"너희 아버지가 우리 아버지를 발견한 날이 언제였냐고."

노부가 고개를 들어 기억을 더듬었다.

"어제 들었는데, 전전날이라고 했어."

"3일 전이네."

아마 맞을 거라며 고개를 끄덕이는 노부의 말에 짧게 혀를 찬 뒤 자전거를 돌렸다.

"어디 가는데?"

"배 아파서 집에 갈래."

"어, 학교 땡땡이친다!"

등 뒤로 들리는 노부의 아우성을 뒤로 하고 페달을 밟았다. 지금 느긋하게 학교에 갈 때가 아니다. 아버지 소식을 들은 이상 붙잡으러 가는 게 먼저다.

역으로 향하면서 오늘이 화요일이라는 사실을 떠올리고는 고하루 고모에게 전화를 걸었다. 고하루 고모는 아버지의 누이동생으로 우리와 가장 가까운 혈육이다. 다섯 달 전, 아버지가 홀연히 사라졌을 때도 우리 집에 머물면서 같이 찾으러 다녔다. 아무 소득 없이 일주일이 지난날 아침, 고모는 '사람은 변하지 않는 법'이라며 한숨을 내쉬고는 내게 집안일하는 법을 알려주었다.

아마도 그 순간 고모는 당분간 아버지가 안 돌아오리라 생각한 것 같다. 고모에게는 이와 같은 상황이 처음이 아니기 때문이다.

첫 번째는 아버지가 21살이고 고모가 16살 때였다. 아버지의 부모님, 그러니까 할아버지 할머니가 사고로 돌아가셨을 당시 아버지는 차마 눈 뜨고 보기 힘들 정도로 수척했다고 한다. 장례를 치르고 난 뒤 흔적도 없이 사라졌다는 말을 고모에게 들었다. 고모는 며칠 내내 아버지를 찾다가 끝내 포기하고 친척 집에서 신세를 졌다. 그 후 아르바이트를 하면서 미용학원에 다니고 독립했다.

"내가 결혼을 안 한 이유는 오빠 같은 남자를 보고 자랐기 때문일지도 몰라. 나리는 그런 남자가 안 됐으면 좋겠어."

내가 보기에도 아버지는 가장으로서 실격이다. 하지만 그것과 고모가 미혼이라는 사실은 딱히 접점이 없다고 생각하는데……. 물론, 생각만 하고 입 밖으로 꺼낸 적은 단 한 번도 없다.

서너 번의 전화 끝에 겨우 연결됐다.

휴대폰 너머로 아직 잠에서 덜 깬 목소리가 들렸다.

'미안. 자고 있었어?'라고 묻자 쉰 목소리로 누구냐는 질문이 돌아왔다.

"나리예요."

나중에 다시 전화하겠다고 말하려는 순간 고모는 목이 잠긴 목소리로 무슨 일이 생겼냐며 물었다.

"그건 왜?"

"평소라면 이 시간에 너한테 전화가 걸려 올 리 없으니까. 그래서 무슨 일인데?"

역시 고하루 고모다. 감이 좋아.

"누가 아버지를 발견했대."

우당탕탕! 갑작스레 핸드폰 너머로 울리는 소리에 화들짝 놀라 귀에서 휴대폰을 떼어냈다.

"미안해. 휴대폰을 떨어뜨렸어. 그래서 오빠는 어디 있는데?"

"지금은 모르겠어."

휴대폰 너머로 혀를 차는 소리가 들렸다.

"누가 3일 전에 역 앞에서 봤다고 했어."

"3일 전?"

고모의 반응이 짐작 간다. 그럼, 그때 알려 줬어야지! 아마 이런 생각 아니었을까.

"우선 나는 역으로 가고 있어."

고모는 가 봤자 헛수고일 거라며 말렸다.

나도 알고 있다. 동상이 아니고서야 3일 전에 있었던 사람이 계속 같은 자리에 있을 리 없다. 하지만……

"만에 하나 오빠를 찾으면 그다음에는 어떻게 할 건데? 억지로 집까지 데려와도 틈을 타 사라질 게 뻔한데? 동생들이 다시 상처 입는 모습을 보고 싶어?"

순간 가슴이 철렁 내려앉았다. 미처 그 부분까지는 생각하지 못했다. 일단 찾고 나서 무작정 집으로 데려가는 일에만 혈안이 되어 있었다.

다마키와 도모에, 코흘리개 가나데조차 평소 내 앞에서는 아버지에 관해 입도 뻥긋 안 한다. 하지만 아버지한테서 전화가 걸려 온 날은 셋 다 기분 좋은 티가 난다.

만약 아버지가 또다시 우리를 두고 떠난다면…….

자리를 비운 지금보다 훨씬 충격이 크겠지.

고하루 고모가 한숨을 내쉬었다.

"나도 너무 안이했어. 곧 돌아올 거로 생각했는데 이렇게 길어질 줄이야. 그동안 나리한테 떠넘기고 모르는 체해서 미안해."

이제 와서 그런 말을 하니 서운함을 토로하기도 어렵다.

"학교는 어떻게 하고? 혹시 안 간 거야? 우선 다시 학교부터 가. 저녁에 너희 집으로 갈 테니까, 그때 같이 얘기하자. 저녁밥 만들어 줄게."

학교 땡땡이 부리지 말라는 말과 함께 일방적으로 통화를 끊었다.

휴대폰에 표시된 시간은 8시 30분. 지금 출발하면 1교시 전에 아슬아슬하게 들어갈 수 있다. 하지만 수업을 들은 다 한들 집중이 안 될 게 뻔하다. 그렇다면 설령 헛수고일지라도 ⋯⋯.

─찾은 다음에는 어떻게 할 건데?

어떻게 해야 할지, 어떻게 하고 싶은지 사실 하나도 모르겠다. 그냥 알고 싶다. 우리를 두고 떠난 이유. 지금 어디서 어떻게 지내는지, 우리 생각은 하고 있는지. 아버지를 만나 직접 듣고 싶을 뿐이다.

휴대폰을 주머니에 넣고 페달을 밟았다.

자전거로 역 주변을 다니면서 만화방과 카페, PC방, 패스트푸드점, 성인오락실을 닥치는 대로 들여다봤다. 하지만 아버지는 어디에도 없었다.

오후 3시가 지날 무렵, 강수 확률 60퍼센트의 일기예보가 정확히 맞아떨어졌는지 뚝뚝 한 방울씩 비가 내렸다. 추적추

적 비가 내리기 시작하면서 수색을 멈추고 집으로 발길을 돌렸다.

현관문을 열자 다마키가 식탁에서 공책에 무언가 적고 있었다.

"다녀왔습니다. 도모에는?"

"친구들이랑 아동관(국가에서 운영하는 공공 놀이공간-옮긴이) 갔어. 가나데랑 같이 온다고 전해 달래."

아동관은 학동 클럽(늦게 퇴근하는 부모를 대신해 일정 시간 돌봐주는 시설-옮긴이)과 같은 건물에 있다. 학동 클럽은 3학년까지 이용할 수 있지만, 아동관은 연령 제한 없이 누구나 사용할 수 있어서 도모에는 학교 수업이 끝나면 매일 아동관으로 가 친구들과 논다. 같은 핏줄이라도 다마키는 집에 있거나 같은 반 친구네 집으로 놀러 가는 편이고 아동관에는 얼씬도 하지 않는다.

다마키는 1학년 때부터 학동 클럽에 안 간다며 떼를 부리면서 아버지를 난처하게 했다. 당시에는 다마키가 원하는 대로 해 주는 게 좋다고 생각했지만, 이제는 아버지의 마음을 이해할 수 있다. 6, 7살짜리 어린아이를 저녁까지 혼자 내버려두면 걱정돼서 아무 일도 손에 잡히지 않기 때문이다.

학교에서 이런 얘기를 했다간 분위기가 싸해질 거야. 얼마 전에도 노부가 한껏 진지한 표정으로 나에게 엄마 같다고 해서 풀이 죽은 적이 있다.

"오늘 고모 온대."

세면대에서 손을 씻으며 말하자 '언제? 몇 시에 온대? 자고 가?' 등등 질문 공세를 퍼부었다.

꼬맹이들은 고하루 고모를 무척이나 좋아한다. 고모로서 아낌없이 사랑을 베풀어 온 덕분이라 할까? 하지만 유독 나한테만은 엄격하다.

이 차이를 어떻게 받아들여야 할지. 나는 남자이자 장남이라서 또는 귀여운 맛이 없어서. 짐작 가는 이유는 수두룩하다. 그렇다고 해도 너무 다르잖아. 예전에 동생들만 편애하는 거라며 항의했더니 고모가 코웃음 친 적이 있었다.

"너한테는 에리 씨가 있잖아."

에리는 3년 전 하늘나라로 간 어머니 이름이다.

"다마키와 도모에, 그리고 가나데의 엄마 역할은 내가 할게. 어디까지나 고모의 사랑에 불과하지만 말이야."

그 사랑을 나한테도 나눠달라고 말하자 '정원 초과'라며 딱 잘라 거절했다.

치사하게. 그렇지만 사실 나는 그때 고모를 새삼 다시 봤다.

물론 낯부끄러운 이야기라 내 입으로는 죽어도 말 못 하지만 말이다.

"고모가 저녁밥 만들어 주신대. 슬슬 오실 시간이야."

내 말을 들은 다마키는 눈을 반짝이며 공책으로 시선을 옮겼다.

"고모 오기 전에 숙제 다 끝내야지!"

창밖의 나뭇가지가 크게 휘었다.

비가 더 심해지기 전에 도모에와 가나데를 데리러 가야 하나 망설이면서 창밖을 보는데, 주머니 안 휴대폰에서 우우우웅— 우우우웅— 하고 진동이 울렸다. 고모인 줄 알았는데 낯선 전화번호였다.

누구일까? 검지로 통화 버튼을 눌러 전화를 받았다.

"여보세요. 다카히라 나리 님 맞으실까요?"

처음 듣는 남자의 목소리에 경계심이 들었다. 정중한 톤으로 물어봤지만 어딘지 모르게 날이 선 느낌이었다.

'누구세요.'라고 답하자 휴대폰 너머로 헛기침하는 소리가 들렸다.

"안녕하세요. 슈퍼 시라키에서 점장으로 일하는 아케치입니다."

슈퍼 시라키는 노부의 부모님이 운영하는 가게다. 동네에서 가장 큰 슈퍼이기도 하다. 그곳 점장님이 내게 무슨 일로 전화를? 그보다 내 휴대폰 번호는 어떻게 알았지?

일단 '네.'라고 짧게 답하자, 마치 아나운서같이 발성 좋은 목소리로 입을 열었다.

"실은 동생분이 저희 매장에서 물건을 훔쳐서 말이지요. 부모님께 연락하려는데 부모님이 안 계신다며 극구 거부하는 바람에."

동생이 절도를……. 나도 모르게 휴대폰을 쥔 손에 힘이 들어갔다.

동시에 숙제하고 있는 다마키를 바라봤다. 다마키는 지금 여기에 있다. 가나데는 학동 클럽이고. 그렇다면……. 설마 도모에?

말도 안 돼.

도모에는 아동관으로 놀러 간다고 했다. 하지만 학동 클럽과 달리 아동관은 누구나 자유롭게 드나드는 공간이다. 아동관에서 더 놀게 없으면 공원을 가거나, 역 앞에 구멍가게를 들여다보기도 하는데…….

휴대폰을 쥔 손에서 식은땀이 났다.

(무·슨·일·이·야?)

다마키가 손에 연필을 쥔 채 입 모양으로 말을 건다.

아무 일도 아니라며 손짓하고 몸을 돌렸다.

"여보세요?"

"아, 네 죄송합니다."

"저희는 경찰에 신고하면 그만입니다. 하지만 초범인 것 같은데 가급적이면 대화로 풀고 싶어서 말이죠. 가방 안에 든 물건을 꺼내 달라고 했을 때 다카히라 님의 전화번호가 적힌 쪽지를 발견했습니다. 어떤 관계인지 묻자, 오빠라고 하길래 전화한 참이었습니다. 데리러 올 수 있나요?"

"지금 당장 가겠습니다."

전화를 끊고 서랍을 열어 안에 든 현금 봉투를 꺼내 주머니에 넣었다.

"밖에 좀 다녀올게."

"어디 가는데?"

다마키가 잔뜩 긴장한 표정으로 내 소매를 잡는다.

동생들은 팽팽하게 긴장된 분위기에 민감하다. 어머니가 입원할 때도 그랬다. 나와 아버지가 어머니의 병환을 숨기려고 안간힘을 썼지만, 동생들은 어머니가 편치 않다는 사실도, 오래 살기 힘들다는 사실도 이미 눈치챘던 것 같다. 그렇다고 지금 상황을 사실대로 말할 수 없는 법이다.

"걱정하지 마. 곧 있으면 고모가 오니까 조금만 기다리고."

다마키의 머리를 쓰다듬으며 씩 웃었다.

한 손으로 비닐우산을 들고 자전거 페달을 밟았다. 도모에가 물건을 훔쳤을 리 없다.

분명 무언가 착각하거나 오해했을 것이다. 마음속으로 부정하는 한편 어깨를 들썩이며 우는 도모에의 뒷모습이 아른아른 머릿속을 스쳐 지나간다.

갖고 싶은 게 있었던 걸까? 얼마 전 지워지는 볼펜을 갖고 싶다며 사달라고 졸랐었지. 그때 사줬더라면 오늘 같은 일은 안 일어났을지도 모른다.

슈퍼 시라키 주차장에 자전거를 세웠다. 어깨와 팔, 등은 이미 흠뻑 젖은 상태. 직원 전용 출입구 앞에서 우산을 접은 다음 위아래로 몇 차례 휘둘렀다.

종종 물건을 사러 오긴 했어도 직원 출입구로 들어가는 것은 초등학교 이후 처음이다. 당시에는 노부의 어머니가 행정 업무를 보셔서, 나와 친구들은 배가 고프면 노부와 함께 가게로 가서 간식을 얻어먹었다. 노부 어머니는 항상 '많이 먹으렴. 우리 가게에는 과자가 넘치도록 많으니까.'라며 호탕하게 웃으셨고 그때마다 우리는 멋쩍었다.

문을 열고 들어서자, 왼쪽으로 어릴 적에 본 '직원 전용 출입구' 팻말이 붙은 갈색 문이 보였다.

이 사무실 안에 도모에가······.

지금쯤 날 애타게 기다리고 있겠지. 그렇게 생각한 순간 문득 아련한 기분이 들었다.

처음엔 절도했다는 말을 듣고 큰 충격을 받았다. 그건 전적으로 도모에가 잘못했다. 하지만 부모님의 연락처를 추궁당하고도 없다는 대답밖에 못 하고, 믿어주는 이가 아무도 없어 경찰을 부른다 어쩐다 말했을 상황을 상상하니 동생의 처지가 너무나 가엽다.

물론 물건을 훔치는 건 결코 해서는 안 되는 행위이다. 그러니 보호자인 내가 사과하고 그다음 도모에를 천천히 설득하면······. 혹시 도모에는 외로웠던 걸까?

양손에 힘을 주고 숨을 크게 들이마신다. 지금은 다른 것을 생각할 때가 아니다. 어깨에 힘을 주고 문손잡이를 잡아 돌리자, 튀김 냄새가 코끝을 간지럽혔다.

시라키에서는 점심 전과 저녁 시간대에 튀김을 튀겨 반찬 판매대에 진열해 놓는다. 처음에는 도시락집이었는데, 반찬 가격이 저렴하고 맛있다는 평판이 많았다.

어머니가 돌아가신 후 아버지는 크로켓과 가라아게를 자

주 사 오셨다. 아니, 지금 추억에 잠기러 온 게 아니다.

숨을 크게 들이마시고는 '사무실' 문을 두드렸다.

방 안에서 '누구세요.'라고 묻는 남자의 목소리가 들렸다.

'다카히라'입니다.

이름을 말하자, 안에서 종종걸음치는 소리가 들렸다. 문이 열리면서 'Shiraki'라는 영문 로고가 새겨진 앞치마 차림의 여자가 나왔다.

"점장님."

"들어오라고 해."

여자는 문을 활짝 열고 사무실 안쪽을 향해 팔을 뻗었다. 나는 가볍게 인사한 후 들어갔다. 눈앞으로 칸막이가 쳐져 있다.

기억났다. 안쪽에 노트북이 있는 사무용 책상이 여러 개 늘어선, 지금과 똑같은 느낌의 방이었다. 칸막이 건너편에 소파와 소파 테이블이 있었던 것으로 기억한다.

"오래 기다리셨습니다. 동생분이 고집을 피우는 바람에 곤란한 참이었습니다."

40대쯤 되어 보이는 남자가 모습을 드러냈다. 이 사람이 점장이구나.

"여동생이 민폐를 끼쳤습니다. 죄송합니다."

머리를 숙인 후 천천히 고개를 드는데 그의 표정이 살짝 굳어 있다.

"자네 혹시 고등학생?"

"2학년입니다. 지금은 제가 동생들 보호자입니다."

점장은 콧방귀를 뀌며 안에서 시바타라는 사람을 불렀다.

"잠깐, 여기 좀 봐줘."

점장은 자기를 따라오라며 내가 들어온 문을 열어젖혔다.

잠시 복도를 걸어 대기실이라고 적힌 방 안으로 들어갔다.

접이식 의자를 가리키며 앉으라는 말에 살짝 걸터앉았다. 점장은 내 앞에 마주 앉았다.

어딘지 모르게 수사극 드라마에서나 보는 취조실 분위기와 닮았다.

"저기 동생은……."

점장은 팔짱을 끼고 앓는 소리를 내면서 내 얼굴을 들여다보았다.

"설마 고등학생이 오리라고는 상상도 못 해서 말이지. 뭐 그건 그렇다 치고, 신분증 좀 볼 수 있을까?"

"신분증이요?"

"학생 수첩도 괜찮아."

요즘 신분증을 가지고 다니는 녀석이 있나? 혹시 지금 같은 상황에서는 필수인 걸까? 아니, 처음 겪어보는 상황이라 뭘 알아야 대응하지. 아 몰라, 알고 싶지 않아.

"집에 놔두고 와서⋯⋯. 평소에는 안 갖고 다니거든요."

"그래? 무슨 일이 생길지 모르니까 신분증은 갖고 다니는 게 좋아."

마지못해 고개를 끄덕이자 점장은 크게 한숨을 내쉬었다.

"예전에도 이런 일이 있었지. 스스로 누나라고 한 고등학생이 남자애를 데리러 왔어. 알고 보니 남매가 아니라 여자친구였던 거야. 신분 확인부터 안 한 우리도 잘못했지만, 내 딴에는 봐준다고 경찰에 신고를 안 했는데 결국 거짓말이나 하고 말이야."

집에서 신분증을 가지고 오겠다는 말이 목구멍까지 차올랐지만, 꾹 집어삼켰다. 이곳에 도모에를 혼자 두기 싫다. 애초에 도모에가 물건을 훔친 게 원인이지만 이 이상 무서운 일을 겪게 하고 싶지 않았다.

"제가 다카히라 나리라는 사실만 증명하면 되는 거죠?"

"그렇지."

"그렇다면 노부를 불러주세요."

뭐? 미간을 찌푸리며 대답하는 점장을 향해 재차 입을 열었다.

"노부를 오게 하면 저를 증명할 수 있을 거예요."

"노부가 누구인데?"

"시라키 노부나가. 이곳 대표의 아들입니다."

몇 분 후, 하얗게 질린 얼굴로 달려온 노부가 나를 보자마자 제자리에 서서 입술을 깨물고는 눈물을 글썽였다.

"나리……."

응?

"이, 이런 식으로 나리를 만나고 싶지 않았어."

뭔가 단단히 착각하는 것 같은데.

"잠, 잠깐. 나 아니야."

"맞아, 이런 모습은 나리답지 않아."

"그러니까 내가 안 했다고."

"맞아, 나리가 물건을 훔치…… 지 않았어?"

노부가 나를 뚫어지게 쳐다보다가 고개를 돌려 점장에게 손가락질했다.

"아케치 아저씨 나한테 거짓말했어!"

아케치와 노부나가. 사건과 아무 관련도 없는 센고쿠 시대를 휩쓴 역사적인 이름들의 나열에 감탄하며 둘을 바라봤다.

"노부나가가 이야기를 끝까지 안 들어서 오해한 거지, 내 잘못이 아니야."

점장은 자주 있는 일인 듯 어깨를 으쓱했다.

"정말 나리는 안 한 거야?"

"당연하지."

노부는 내 대답을 듣고 접이식 의자에 툭 걸터앉았다.

"그럼 난 왜 부른 거야."

노부에게 대강의 줄거리를 알려주자 그제야 의심의 눈초리가 사라졌다.

"한 마디로 보호자 신분으로 데리러 왔지만, 고등학생이라 안 된다고."

"안 된다고 말한 적 없습니다. 신분 확인할 만한 것을 보여 달라고 했을 뿐입니다. 그랬더니 학생 수첩도 안 갖고 다닌다고 해서 난처하던 참이었지요."

'아, 그럼 안되지.' 하며 노부가 고개를 끄덕였다.

너는 대체 누구 편이냐.

내가 마른침을 삼키며 초조한 기색을 보이자, 노부가 자리에서 벌떡 일어나 내 쪽으로 손을 뻗었다.

"이 사람은 다카히라 나리가 맞습니다."

노부는 마치 자기 자랑하듯 말을 이어갔다.

"나리는 사이카 고등학교 2학년. 귀가부(수업 종료 후 동아리 활동에 참여하지 않고 곧장 집으로 돌아가는 학생을 일컫는 용어), 특기는 농구, 포지션이 아마 포워드였나? 좋아하는 음식은 치즈 햄버거에 좋아하는 아이돌은 'KE걸즈'의 폰리. 가슴보다 다리가 예쁜 사람을 좋아하는 발 페티시이며."

그만해…….

내가 팔꿈치로 노부의 옆구리를 쿡쿡 찌르자, 점장은 헛기침하며 표정을 가다듬었다.

"개인적인 취향까지 말할 줄은 몰랐습니다만……. 본인 확인은 충분할 것 같습니다. 감사합니다."

아케치 점장은 말을 끝내고 어색한 웃음을 지어 보였다.

설마 했는데 내가 좋아하는 아이돌이며 페티시 성향까지 말할 줄이야. 하지만 오늘만은 너그럽게 봐 주자며 스스로를 다독였다. 한 마디면 끝날 일을 서너 마디 더 늘여 놓긴 했지만, 어찌 되었든 나를 도와주려고 한 거니까.

"동생이 훔친 물건값 지불하겠습니다."

주머니에서 이번 달 생활비가 든 현금 봉투를 꺼내려 하자 점장이 고개를 저었다.

"안 내도 됩니다. 대신 앞으로 오늘 같은 일이 발생하지 않도록 가정에서 엄하게 훈육해 주시길 바랍니다. 봐주는 건 한 번뿐입니다. 다음에는 경찰에 신고하겠습니다."

훈육……. 속으로 거북한 단어라 생각하면서도 깊이 고개숙이며 죄송하다고 사과했다.

점장, 노부, 그리고 내가 순서대로 방을 나섰다.

"그런데 누가 그랬는데?"

노부가 뒤돌아 속삭였다. 꼬치꼬치 캐묻지 말라고 하려다 작게 '도모에'라고 알려주자 노부가 그 자리에 우뚝 멈춰 섰다.

"말도 안 돼!"

"목소리 좀 낮춰."

눈을 찡그리자, 노부는 어깨를 으쓱거리며 바싹 얼굴을 들이댔다.

"다른 애도 아니고 도모에라니. 네 명 중 가장 모범생이잖아. 꿈쩍도 안 하는 성격이라고."

예시가 틀렸어. 하지만 노부의 말도 일리가 있다.

도모에는 세쯔분(입춘 전날 밤 귀신을 쫓아내는 전통 행사)에도 자기 나이보다 많은 콩을 먹으려고 하면 눈에 쌍심지를 켜며 화를 내는 데다, 길에서 1엔짜리 동전을 주워도 파출소에 갖다준다. 석 달이 지날 때까지 동전 주인이 안 나타나면 그때 받으러 오겠다며 용돈 기입장에 메모해 놓는……

굳이 말하자면 모범생을 뛰어넘어 속이 터질 정도로 융통성이 없는 성격. 그게 바로 도모에다.

"아니면 아케치 아저씨가 잘못 본 거 아니야?"

노부가 한 말을 들었는지 점장이 어깨를 으쓱했다.

"계산대가 아닌 다른 곳으로 나가려 하길래 붙잡았습니다."

"현장에서 체포한 거구나."

체포는 아니지만.

"아! 혹시 계산하는 걸 깜빡하고 지나쳤다든가?"

그래, 그거다! 분명 깜빡해서.

"까먹지 않았습니다. 본인도 순순히 인정했습니다."

파사삭.

내 마지막 바람이 맥없이 쓰러졌다.

점장을 따라 사무실로 돌아가자 좀 전에 안내해 준 여자가 보였다.

"점장님, 니시무라 수산에서 내일 타임 세일하는 뱀장어 건으로 전화가 왔습니다. 돌아오는 대로 전화 달라고 하네요."

점장은 알았다고 답하고는 칸막이 너머로 말을 걸었다.

"오빠가 데리러 왔어. 이제 말썽 피우면 안 돼."

점장은 말을 마친 뒤 나더러 안으로 들어가라며 손짓하고 책상으로 돌아갔다.

노부가 살포시 내 등을 민다.

알고 있어. 가볍게 심호흡한 뒤 칸막이 건너편으로 몸을 움직였다.

······. 응? 으응? 누구지?

의자에는 연보라색 체크 리본이 달린 흰색 셔츠와 스커트를 입은 교복 차림의 여고생이 앉아 있었다.

"누구세요?"

노부가 내 마음의 소리를 대변하기라도 하듯 입을 열었다. 그러자 눈앞에 여자애가 나와 노부를 번갈아 보고는 노부를 가리키며 '나리?'라고 물었다. 노부는 대답 대신 황급히 고개를 저으며 나를 지목했다. 여자애는 '이쪽이구나.'라고 말한 뒤 내 쪽으로 방향을 돌려 의미심장한 미소를 지었다.

내가 누구냐고 묻자, 여자애는 휴대폰 화면을 보여주었다. 아름다운 여자가 아기를 품에 안은 사진이다.

"나, 당신 동생."

가까이서 보라며 내게 화면을 들이댔다.

여자 옆에 나란히 서 있는 사람은······. 윽.

"아버지."

"맞아. 그리고 이게 바로 나야."

여자의 품에 안긴 아기를 가리켰다.

"한 마디로 우리는 배다른 남매라는 사실."

기가 막히고 코가 막힌다.

"오래 기다리셨습니다."

볼일을 마치고 돌아온 점장이 내 안색을 살폈다.

"무슨 일이 생긴 겁니까?"

"나 때문에 오빠가 충격을 받은 것 같아요."

절도녀의 말에 분위기가 가라앉자, 점장은 그럴 수 있다며 고개를 끄덕였다.

지금 절도 사건이 문제가 아니다. 아니, 결코 가볍게 넘길 사안은 아니지만 새로운 여동생의 출현은 그보다 수백, 수천 배에 달하는 충격으로 다가왔다.

앞으로 어떡하지.

보호자 신분으로 이 여자애를 데리고 간다고?

말도 안 돼. 불가능하다. 오늘 난생처음 본 사이라고.

하지만 여동생이라면? 어떻게 처음 보는 여자애가 내 번호를 알고 있······. 아버지다.

여동생이 한 명 더 있다는 사실을 숨긴 건 백 보, 천 보 양보한다 치자. 하지만 이런 식으로 만나면 안 되잖아.

"나리."

노부가 내 등을 툭툭 건드렸다.

"봐주는 것은 이번이 마지막이야. 다시는 이런 일 없도록. 명심해."

점장은 고개를 가로저으며 손에 쥔 종이 한 장을 내게 건넸다.

"계약서예요. 보호자란에 서명하면 데려가셔도 됩니다."

스스로를 여동생이라고 한 여자애는 고개를 빳빳이 들고는 어서 사인하라는 듯 내게 몸짓했다.

아니, 아니, 못 해. 절대 못 해!

마음속으로 부정하고 싶은 마음이 굴뚝같았다. 하지만 계약서에 이름을 적은 뒤 점장에게 '소란을 일으켜 죄송합니다.'라며 깊숙이 머리를 숙였다.

직원 출입구 문을 열고 밖으로 나오자, 비가 그쳤다. 땅바닥에서 특유의 아스팔트 냄새가 피어오른다. 절도녀는 크게 기지개를 켜고는 뒤돌아 나를 바라봤다.

"아빠 말대로야."

아빠? 우리 아버지를 가리키는 건가? 아마 그렇겠지. 그보다 아빠라니, 딴 데서는 서글서글한 성격이었냐고. 망할 아버지.

"나리는 똑 부러진 데다 잘 보살펴 줄 거라고 했어."

그게 뭐. 이게 다 누구 때문인데. 하고 싶어서 하는 게 아니라고.

나 혼자 끙끙 앓는 사이 절도녀는 대로변으로 걸어 나갔다.

"아, 자전거."

직원 출입구 반대 방향에 놓고 온 자전거를 갖고 오자, 절도녀가 자전거를 가리키며 촌스럽다고 비웃었다.

지금 데리러 와 준 은인한테 할 법한 반응이냐? 맞받아칠 기력도 없다.

"아냐, 나쁘지 않아. 주부 같아."

그러고는 씩 웃으며 앞서 걸었다.

이 녀석과 더는 엮이고 싶지 않다. 하지만 확인해야 할 게 남았다.

마음속에서 부딪히는 감정이 파도처럼 철썩철썩 때려서 자칫하면 삼켜질 것만 같다.

아, 젠장.

자전거를 끌면서 뒤를 쫓는데 절도녀가 갑자기 내 쪽으로 고개를 돌렸다.

"편의점 갈래."

자기 할 말만 하고는 길가 편의점으로 들어갔다.

설마 돈이 있는 거야? 서둘러 자전거 자물쇠를 잠그고 매장 안으로 들어가자, 절도녀는 음료수 진열대에서 500ml 칼피스 소다를 꺼내 계산대로 향했다. 내가 현금 봉투에서 돈을 꺼내려는데 절도녀는 가방에서 지갑을 꺼내 5천 엔권 지폐 한 장을 계산대 위에 올려놓았다.

돈이 있었잖아.

도대체 물건은 왜 훔친 거야?

잔돈을 돌려받는 절도녀를 보며 사무실 책상 위로 늘어선 상품을 떠올렸다.

노리타마 후리카케와 바나나 하나, 멜론빵 3개. 슈퍼에서 훔치다가 걸린 물건이다.

처음 봤을 때부터 정말로 훔칠 마음이었을까 하는 의구심이 들었다.

실제로 지갑에는 현금이 들어있다.

얼마 전 고령자의 절도 문제가 증가한다는 다큐멘터리 방송을 본 적 있다. 치매 또는 원인 불명의 병 때문에 계산대에서 계산하는 것도 까맣게 잊고 그대로 가방에 넣는 경우도 있는가 하면 돈이 없거나 생활이 궁핍해서, 외롭고 쓸쓸한 나머지 붙잡히고 싶어 반복해서 물건을 훔치는 사람, 스트레스 때문에 무심코 훔치는 사람 등등……. 사연은 다양했다.

당연히 절도는 범죄다. 하지만 저마다의 사연 때문인지 방

송을 보면서도 복잡 미묘한 감정에 휩싸였다.

슬쩍 절도녀를 바라봤다. 이 녀석은 어떤 사연이…….

절도녀는 편의점을 나오면서 음료 뚜껑을 열어 꿀꺽꿀꺽 목을 축였다.

"아, 살 것 같아!"

"목이 꽤 말랐나 보네."

내 말에 절도녀는 어깨를 으쓱 추어올렸다.

"마실 거 하나 안 주던데."

당연하지! 물건을 훔친 사람한테 호의를 베풀 리 없잖아.

"뻔뻔해 아주."

바로 뒤에서 들리는 말소리에 황급히 몸을 돌렸다.

"노부! 아직 안 갔어?"

"좀 전부터 계속 있었거든."

웬일로 노부가 화난 말투로 대답했다.

"미안."

나는 머쓱한 표정을 지으며 웃었다.

하긴, 와 달라고 한 사람에게 '아직 안 갔어?'라는 말을 들으면 나라도 서운할 테다.

"오늘은 와 줘서 고마워. 덕분에 살았어. 다음에 사이제리아(일본의 이탈리아 레스토랑)에서 밥 살게."

은근슬쩍 돌려보내려 했지만, 노부는 돌아갈 기색이 눈곱만큼도 없었다. 절도녀를 흥미로운 눈빛으로 바라봤다.

그만 좀 쳐다봐…….

노부에게 허튼 말 하지 말라며 주의를 주고 절도녀 쪽으로 몸을 돌렸다.

"우선 구해준 데에 대한 감사 인사부터 해야 하지 않을까?"

절도녀는 짧게 트림을 한 후 고맙다며 고개를 숙였다.

의외로 솔직하다.

"이름이 어떻게 돼?"

"호타루(蛍:반딧불이의 뜻을 가짐)야. 호— 호— 호타루야어서 오려무나 반짝이게 빛나는 벌레 친구 반딧불이의 그 호타루."

호타루(蛍). 또 한자 한 글자다.

나리(成), 다마키(環), 도모에(巴), 가나데(奏). 우리 남매의 이름은 전부 아버지가 지었다. 이름에 이렇다 할 의미를 부여하지는 않았지만, 한자 한 글자의 원칙만은 고수했다.

고하루 고모 말로는 아버지는 어릴 적부터 본인 성이 한자 세 글자(悠之介:유노스케)라는 사실이 불만이었다고 한다.

"성만 해도 세 글자(高比良:다카히라)인데 이름마저 세 글자는 해도 해도 너무하잖아! 이름 쓸 때마다 번거로워 죽겠어."라고 했다나 뭐라나. 아버지의 심정도 이해는 가지만 그래봤자 여섯 글자다. 쥬게무(우리나라의 김수한무처럼 긴 이름을 가진 사람) 같은 이름을 갖고 태어났다면 모를까. 그런데 다마키와 가나데의 한자는 한 글자당 획수가 은근히 많다. 미처 그 부분까지 고려하지 않은 게 아버지답다.

"호타루, 예쁜 이름이네."

노부가 친근하게 말을 건다. 뭐 괜찮겠지.

"그래서 몇 살인데?"

옆에 있던 내가 질문을 던졌다.

"열일곱."

"고등학교 2학년이라고? 나리랑 동갑이네?"

노부가 눈치 없이 끼어든다.

"6월이 생일이었어."

"그렇다면 고1이네. 나랑 동갑."

"그래. 반가워."

호타루가 주먹을 쥐어 노부 쪽으로 내밀자, 노부도 기세 좋게 맞부딪쳤다.

너희 지금 뭐 하냐…….

나는 큼큼 헛기침하며 화제를 원점으로 돌렸다.

"가족은? 어디 사는데?"

호타루가 이것저것 묻는 내 모습에 크게 한숨을 쉬었다.

"아까부터 이름이며 나이며 사는 곳이며, 왜 자꾸 물어보는 거야? 경찰한테 취조받는 것 같아 기분 나쁜데."

뭐냐, 이 건방진 태도는.

지금 자기가 어떤 상황인지 전혀 인식하지 못하고 있잖아.

나는 한차례 큰기침을 한 다음 고개를 꼿꼿이 세웠다.

"언제 취조당한 기억이라도 있나 보지?"

어떠냐! 내가 비아냥거리자, 호타루가 흥 하고 코웃음으로 맞받아쳤다. 그러고는 주차 방지 턱을 의자 삼아 걸터앉더니 날씨가 덥다며 교복 치마를 펄럭였다.

뭐 하냐.

"좀 가려라."

"팬티?"

호타루는 깔깔 웃고는 칼피스 소다를 다 비운 후 슬슬 돌아가자며 일어섰다.

휴대폰 시계는 오후 7시를 가리키고 있었다. 확인해야 할 사안이 산더미지만, 피곤해서 더는 머리가 안 돌아간다.

오늘 하루 동안 너무나 많은 일이 있었다.

아버지를 봤다는 말에 해 질 녘까지 역 주변을 수색하고,

집으로 돌아오니 여동생이 물건을 훔쳤다고 연락이 오질 않나, 여동생을 데리러 갔더니 난생처음 보는 여자애가 아버지와 함께 찍은 사진을 내밀며 자신을 내 동생이라고 하질 않나.

단언하건대 오늘은 재수가 꽝인 날이다.

자세한 이야기는 다음에 다시 하면 된다.

"연락처 좀 알려줘."

스마트폰을 내밀자, 호타루가 어깨를 추켜올렸다.

"없어."

거짓말하지 마.

"조금 전에 휴대폰으로 사진 보여준 거는 뭐였는데."

"통신사 연결 안 되어 있어. 계약 끊겼거든."

그래……. 곧이곧대로 믿지는 않지만, 이 이상 추궁하기도 어렵다.

"그렇다면 내 번호는 갖고 있지? 조만간 연락해."

말을 끝낸 후 팔꿈치로 노부의 옆구리를 쿡 찌르며 발길을 돌리는데 등 뒤로 호타루가 말을 걸었다.

"혹시 나리는 순진한 캐릭터야?"

"뭐?"

"짐을 역 안 물품 보관함에 두고 와서 가지러 가고 싶은데 말이야."

그래서 뭐? 미간을 찌푸리며 대답하자 호타루는 아무렇지 않다는 듯 말했다.

"가끔은 부모님 말씀도 들어야지."

"뭐?"

"아빠가 집에 놀러 오라고 했어. 방이 넘칠 만큼 많다고 말이야. 아빠가 매일 자랑했거든. 다른 것은 몰라도 집만큼은 넓다고."

그렇게 말하고는 역으로 척척 걸어가는 자칭 여동생을 우두커니 바라봤다.

깜깜해진 주택 골목에 호타루의 여행용 가방이 드르륵 소리를 내며 굴러간다. 나는 옆에서 말없이 자전거를 끌며 발을 맞췄다.

오늘따라 역에서 집까지 거리가 멀게 느껴진다. 같이 가겠다는 노부를 억지로 돌려보냈는데 이제 와 후회가 밀려온다. 하지만 노부마저 우리 집에 오면 이야기가 걷잡을 수 없을 만큼 복잡해질 테니 돌려보내길 잘한 것 같다.

드르륵드르륵.

드르륵드르륵.

"얼마나 더 가야 해?"

"저 앞에서 꺾어서 막다른 길이 나올 때까지 쭉."

모퉁이를 돌고 나서 비좁은 골목길을 따라 계속해서 걸으면 삼거리가 나타난다. 그 막다른 길에 있는 오래되고 넓은 전통 가옥이 우리 집이다. 먼 옛날 외할아버지와 외할머니가 운영한 민박을 가정집으로 수리해서 살고 있다.

다 왔다고 말하고 문짝이 없는 대문 안으로 자전거를 끌고 들어갔다. 정면에는 나무틀에 불투명 유리로 만들어진 옛날식 미닫이문이 있는데 이곳이 현관이다. 민박으로 사용하려고 만든 구조라 일반 주택에 비해 폭이 넓다.

현관 옆에 자전거를 세우고 초인종을 눌렀다.

열쇠를 갖고 있었지만, 대뜸 호타루를 집 안으로 들이기보다는 현관 앞에서 인사하는 순서를 밟는 게 가족들의 충격이 덜할 것 같았기 때문이다. 어디까지나 짤막한 위안 정도밖에 안 되겠지만.

집 안에서 발소리가 들리더니 드르륵하며 미닫이문이 열렸다.

"오빠 늦어쪄."

볼을 빵빵하게 부풀린 가나데가 옆에 선 호타루를 보고 몸이 굳었다.

막내 가나데는 전형적인 집안 호랑이로, 처음 보는 상대의 나이를 불문하고 낯을 가리는 성격이다.

"가나데, 오빠 왔니?"

고하루 고모의 목소리가 점점 가까워지더니 모습을 드러냈다.

"아, 미안. 손님이랑 같이 왔구나."

가나데는 고모에게 달려가 등 뒤로 후다닥 몸을 숨기고는 몰래 호타루를 관찰했다.

내가 말을 못 하고 우물거리자, 고모는 짓궂은 표정으로 여자친구냐고 물었다.

아니라고.

"이 녀석은."

"여동생입니다."

흠칫 놀란 나와 달리 고모는 태연하게 '그러면 그렇지. 나리한테 여자친구는 아직 먼 얘기니까. 밤이 늦었으니 들어오렴.'이라고 말하고 손을 툭툭 털며 안으로 들어갔다.

고모는 분명 '여동생'이라는 단어가 어떤 의미인지 모를 거야.

호타루는 곁눈질로 크게 한숨을 쉬는 나를 보며 입을 열었다.

"저 사람은 누구야?"

"고하루 고모. 아버지 동생."

짧게 대답하자 호타루는 저 혼자 골똘히 생각하면서 집 안으로 들어오더니 고모의 뒤를 쫓듯 복도 안으로 걸어 들어갔다.

"잠, 잠깐 기다려."

당황한 나머지 호타루의 팔을 황급히 붙잡았다. 그 순간 불길한 시선이 느껴졌다.

"앗."

"둘이 손잡았어!"

다마키랑 도모에가 떠드는 소리가 집 안에 울려 퍼졌다. 고개를 들자, 복도 끝에서 둘이 깍깍 소리 지르며 거실로 뛰어가는 모습이 보였다.

"나리 너희 가족들 말이야."

"또 뭐."

"다들 바보야?"

이번만큼은 수긍할 수밖에 없을 듯하다…….

거실로 들어서자 다마키와 도모에가 소파에 몸을 파묻고 키득키득 웃고 있다.

내가 무슨 짐승이냐.

하지만 내심 안심했다. 집을 나서기 전 다마키가 걱정한 모습이 내내 마음에 걸렸다.

웃는 모습을 보면서 마음 놓는데 호타루가 내 팔을 툭툭 쳤다.

"혹시 나리 말이야."

이번엔 또 무슨 말을 꺼내려고. 나도 모르게 방어 태세를 취하자, 호타루가 장난기 섞인 눈으로 바라봤다.

"여자친구 한 번도 사귄 적 없지?"

"있어!"

지금은 여자친구가 없다는 비참함을 꽉 억누르면서 한편으로는 단 한 번도 집으로 여자친구를 데려온 적이 없다는 사실을 깨달았다. 왜 그랬을까 하며 곰곰이 생각하다가 문득 소파로 시선이 향했다. 동생들이 나를 보며 말없이 히죽댔다.

……. 너희 때문이었구나.

"와서 저녁 먹으렴."

거실로 나온 고모가 호타루에게 같이 먹겠냐며 너무나 태연하게 물었다.

"네, 먹을래요. 배고파 죽겠어요."

"좋아."

처음 보는 사람한테 대뜸 밥 먹겠냐며 묻는 사람도, 배가 고프다며 대답하는 사람도 둘 다 어지간하다.

그리고 고모 성격으로 미루어 보아 뻔뻔한 사람이나 별난 사람을 좋아할 것 같다. 노부 녀석도 애지중지하는 편이고.

주방으로 들어서니 식탁 위에 핫플레이트가 놓여 있었다.

고모가 식용유를 두르고 반죽을 올리자 핫플레이트에서 치이익— 반죽 굽는 소리가 났다.

먼저 양배추, 튀김 부스러기, 벚꽃새우와 얇게 썬 돼지고기라는 클래식 레시피로 시작해 다음으로 치즈랑 오징어, 떡, 파를 추가한다.

자고로 요리는 간단하고 맛있으며 양이 많아야 한다는 게 고모의 지론이다. 두세 시간 공들여서 한 요리는 아니지만 동생들에게 인기 만점이다.

"읏차."

쟁반만 한 크기의 오코노미야키를 주걱으로 뒤집은 다음 꾹 누른다.

"맛있는 냄새."

호타루가 코를 킁킁거리며 냄새를 맡는다.

"맛있어 보이지? 아가씨 이름은 어떻게 돼?"

'호타루입니다. 개똥벌레 할 때 그 호타루요.'라며 손가락으로 허공을 향해 그었다.

"호타루……. 예쁜 이름이네."

고모가 살짝 미소를 짓는데 옆에 있던 가나데가 키득키득 웃었다.

"고모만 우리와 달라."

"너희와 다르다고?"

고모의 대답에 다마키가 알겠다며 손을 들었다.

"너무 쉽잖아!"

"응. 다마키 언니."

가나데가 다마키를 가리켰다. 그 직후 내 정면에 앉은 호타루가 입을 열었다.

"이름. 맞지?"

뭐? 그걸 왜 손도 안 든 네가 말하는데?

"고하루 아주머니 한자만 두 개고 나머지는 전부 한자가 하나야."

호타루는 말을 마친 뒤 의기양양하게 턱을 치켜들었고 가나데는 손을 뻗은 채 몸이 굳었다.

이 녀석, 아마 버스에서 어린애가 하차 벨을 누르려고 할 때 눈치 없이 자기가 먼저 누르는 성격일 거야.

"이봐."

나는 손끝으로 식탁을 톡톡 두드렸다.

"가나데가 다마키를 가리킨 걸 봤잖아. 그걸 왜 네가 말하는 거야.”

호타루가 영문을 모르겠다는 듯 미간을 찌푸렸다.

“무슨 뜻인지 모르겠어? 다마키가 손을 든 모습을 보고 가나데가 가리켰잖아.”

“그래서? 손을 들어야만 말할 수 있는 거야?”

호타루가 다마키를 쳐다보자, 다마키는 당황하며 고개를 가로저었다.

“유치해.”

“뭐?”

“말하고 싶으면 손을 들고 지목되면 대답하는 게 너무 한심해 보여. 자고로 대화는 언어를 서로 주고받는 거잖아.”

다른 사람은 몰라도 너에게는 듣고 싶지 않은 말이다.

고모는 피식 웃고는 다 구운 오코노미야키에 소스를 뿌리고 그 위로 가쓰오부시와 아오노리를 올렸다.

“다 됐다.”

잘라 놓은 오코노미야키 조각을 접시에 담아 호타루 앞에 놓았다.

‘방금 건 주고받았다기보다 가로채기였지만 말이야. 마요네즈도 있으니 취향껏 뿌려 먹으렴.’이라고 말하며 마요네즈를 가져다 놓았다.

"가로세…… 뭐라고?"

도모에가 접시를 건네며 물었다.

"가로채기. 상대편이 패스한 공을 도중에 뺏는 거야."

역시 고하루 고모다. 지금 상황에 딱 맞는 비유다.

"그런데 말이야, 나리가 가족 이야기를 꺼내다니 어쩐 일이야?"

"어?"

"집안 구성원의 이름이 한자 한 글자라는 사실을 호타루 양이 알고 있었잖아. 아마 네가 알려줬겠지. 괜찮아. 집으로 데려올 사이라면 말이야. 나리에게 호타루 양은 특별한 존재인 거겠지."

잘못 짚어도 한참 잘못 짚었는데요.

고모는 오코노미야키에 생강 초절임을 듬뿍 올려 한 입 가득 넣으며 자문자답하고 있다.

호타루는 그런 고모를 가만히 쳐다봤다.

"저는 나리의 특별한 존재가 아니라."

"잠깐!"

엉겁결에 호타루의 말을 끊었다.

"우, 우선 밥 먹자. 밥 먹으면서 중대한 얘기를 할 수 없으니까."

"……. 나리!"

묘한 정적이 흐른 뒤 고모가 정색한 얼굴로 입을 열었다.

"왜 갑자기 소리를 지르고 그래. 깜짝 놀랐잖아."

다들 나를 쳐다본다.

"너 설마, 설마 호타루네 부모님께 말 못 할 행위를 한 거 아니지?"

다마키랑 도모에가 범죄자 보는 듯한 눈초리로 나를 본다. 가나데는 다를 거라며 시선을 돌리자, 당장이라도 울 것 같은 표정으로 웅얼거린다.

"오빠 감옥 가는 거야?"

"그럴 리 없잖아!"

감옥은 무슨, 다들 내가 뭘 했다고 생각하는 거야.

한편, 고모는 망상이 끊이질 않는지 격앙된 모습이다.

"아니라면 대체 무슨 일인데!"

말문이 막히는 바람에 대답할 타이밍을 놓쳤을 뿐인데, 내가 왜 추궁당해야 하는지 답답했다.

그저 나는 새 동생이 나타났다는 충격적인 사실을 가급적 완화해서 전하려고 했을 뿐이다…….

호타루가 한심하다는 투로 입을 열었다.

"나는 나리의 여동생."

호타루의 말에 고모가 눈을 껌벅이고, 동생들은 멍하니 입을 벌렸다.

"갑작스러워서 놀랐지, 놀랐을 거야. 그러니까 차례대로 말하자면……. 사실 나도 조금 전에 들어서 말이야."

다마키는 무언가 생각났다는 듯 외마디 소리를 질렀다.

"그래서 아까 서둘러 나간 거였구나! 뭔가 숨기고 있을 것 같았어."

아니, 그때는 말이지…….

무심코 도모에를 바라보다 눈을 마주치는 바람에 황급히 시선을 돌렸다.

"아니면 뭔데?"

초등학교 4학년이라고는 믿기 힘든 도모에의 위압감 서린 목소리에 손에서 식은땀이 났다.

"오빠 뭔가 숨기고 있구나."

윽…….

도모에가 물끄러미 쳐다본다. 무서워.

시라키 슈퍼에서 절도 전화를 받은 나는 도모에가 물건을 훔쳤다고 지레짐작했다. 당시 다마키는 옆에서 숙제를 하고 가나데는 학동 클럽에 있었다. 유일하게 도모에만 행방이 묘연했다. 도모에는 옳은 일에 관해서는 지나칠 정도로 고집했고, 규율도 잘 지켰다. 참으로 고지식한 성격이다. 그런 애가 물건을 훔칠 리 없다. 머리로는 이해했다. 하지만 휴대폰 너머로 들려오는 '절도', '경찰', '신고하면 그만'이라는 단어가 던지는 위력은 내 평정심을 무너뜨리고도 남았다.

어떠한 이유나 피치 못할 사정이든 간에 도모에를 의심한 사실을 알게 된다면……. 그날로 난 끝이다.

하하 웃으며 어물쩍 넘기려 하자 호타루가 턱을 괴고 내뱉듯이 말했다.

"사실 그대로 말해. 동생이 슈퍼에서 물건을 절도하다가 잡혔으니 데리러 오라고 했다고."

"야."

"참고로 동생은 접니다."

사람들 앞에서 당당하게 밝힐 이야기는 아니다. 그런데도 말투에는 조금도 주저하거나 부끄러운 기색이 없었다.

"가게 직원이 부모님에게 연락한다고 했지만 엄마는 그 모양이고 아빠, 아 여러분의 아빠를 말하는 거예요. 아빠는 지금 어디 여행 가 있잖아? 그러다가 결국 나리한테 연락이 가게 됐어요. 아빠가 나리 휴대폰 번호를 알려줬거든요."

예상대로 아버지였다. 그나저나 여행 갔다는 건 무슨 이야기야. 가족은 내팽개쳐 놓고. 게다가 엄마는 그 모양?

가나데가 고모의 옷깃을 잡으며 속삭였다.

"절도가 뭐야?"

"돈은 안 내고 가게 물건을 가져가는 걸 말해."

도모에가 재빨리 대답하자 가나데는 입을 틀어막으며 그건 안 된다고 작게 말했다.

고모는 동생들을 바라보다 다시 몸을 돌려 호타루에게 말을 걸었다.

"절도 건은 나중에 얘기하기로 하고."

호타루가 고개를 끄덕이는 모습에 고모는 입술을 잘끈 깨물었다.

"방금 말한 대로라면 호타루 양은 우리 오빠, 다카히라 유노스케의 딸이라고 봐야 할까?"

호타루는 조금 전 사무실에서 보여준 휴대폰 사진을 열어 식탁 위에 올려놓았다.

"이 사람이 엄마고 아기가 저예요."

"사진 좀 확인할게."

고모는 휴대폰을 손에 들고는 뚫어질 듯한 눈빛으로 사진을 응시했다.

"이분이 호타루 양의 어머니?"

"네."

"그럼, 호타루 양의 성이."

"후카자와."

"다카히라가 아니라?"

중간에 끼어든 나를 보며 호타루가 코웃음 쳤다.

"호적에 안 올라갔으니까."

⋯⋯. 방금 나 되게 개념 없이 말한 것 같은데.

고모 손에 쥔 휴대폰을 슬쩍 들여다본다. 슈퍼에서는 경황이 없어서 제대로 못 봤다.

긴 생머리에 하얀 수트를 입은 여자와 레이스가 달린 포대기로 감싼 아기. 그 옆에 웃는 얼굴로 서 있는 유난히 젊어 보이는 아버지. 자세히 보니 신사에서 찍은 사진이다.

사진 아래에 '05.07.11' 날짜가 새겨진 것으로 보아 출력한 사진을 휴대폰으로 찍은 것 같다.

무심코 찬장 위에 장식한 사진으로 눈길이 갔다. 내가 신사에 갔을 때 찍은 사진이다. 날짜는 '04.10.31'로 호타루의 사진보다 약 8개월 전이다.

비록 오래전 일이었어도 이건 아니지. 배신감이 이루 말할 수 없을 정도다. 게다가 슈트랑 넥타이 차림도 나랑 신사에 갔을 때와 똑같다.

"아빠 엄청나게 어려."

"머리카락도 갈색이야."

다마키와 도모에가 고모 옆에서 휴대폰을 들여다보며 아무 관련 없는 감상을 늘어놓는다.

너희 말이야. 호타루가 내 동생이자 너희 언니가 된다는 사실을 잘 이해하고 있는 거야? 요즘 들어 다마키와 도모에의 행동이 부쩍 어른스러워졌다. 하지만 어떨 때는 또래보다 어린 모습을 보일 때가 있어서 갈피를 잡기 어렵다.

고모는 휴대폰을 호타루에게 돌려주고 이마에 손을 짚었다.

"대략 어떤 이야기인지 알겠어. 오빠가 없어서 더 자세한 이야기는 못 듣지만 말이야."

고모는 그 말을 끝으로 태연하게 핫플레이트의 불을 강불로 올려서 다음 반죽을 붓는다.

"일단 마저 식사하자."

고모가 맛있게 먹으라는 말에 다마키가 잘 먹겠다며 답하고 도모에도 덩달아 맛있게 먹겠다며 고개를 끄덕였다.

"가나데도 먹을래!"

다카히라 집안의 장점 중 하나는 화제 전환이 유독 빠른 것이다. 사실 이 방법은 말로는 그럴듯해 보이지만 우리의 방어 기제다. 눈앞에 있는 문제를 마주하기보다 슬쩍 옆으로 피해

뒷전으로 미룬다. 올바른 방법인지 아닌지는 사실 중요치 않다.

어머니가 돌아가신 후부터 우리 가족은 그렇게 살아왔다. 계속 회피하면서 가까스로 버텨 온 것이다.

핫플레이트에 다섯 번째 오코노미야키가 완성됐다. 가나데와 다마키는 처음만 해도 큰 게 좋다느니, 돼지고기가 없다느니 불평하면서도 엄청난 기세로 먹어 치우더니 젓가락질을 뚝 멈췄고, 도모에는 조금 전부터 생강 초절임만 툭툭 건드릴 뿐이다.

나도 배가 거의 다 찬 상태였지만 고모는 접시를 비우기 무섭게 완코소바(일본의 한 입 거리용 메밀국수)처럼 채워 넣는다.

"다 구웠어."

고모의 말에 호타루는 짧게 트림한 후 더는 못 먹겠다며 접시 위로 손을 뻗어 막았다.

"저런."

대신 고모는 주걱으로 퍼 올린 오코노미야키를 내게 가져왔다.

"나도 더 이상 못 먹어."

손사래를 치자 '많이도 안 먹었으면서.'라며 볼멘소리를 내뱉고는 도로 철판에 내려놓았다.

"남은 건 접시에 둘 테니 아침에 배고프면 먹으렴."

고모가 말을 마치고 일어서자 호타루도 의자를 뒤로 뺐다.

"어디 가니? 혹시 화장실?"

고모가 찬장을 열면서 묻자, 호타루가 옅은 미소를 지었다.

"벌써 10시라서요."

"어머, 벌써 시간이 이렇게 됐어? 나리가 역까지 바래다주고 오렴."

"현관 위치만 알려주면 혼자서 갈 수 있어요."

"그럼, 지도를 그려 줄게."

호타루는 메모장을 꺼내는 고모를 보며 웃음을 터뜨렸다.

"무슨 일이니?"

고모가 의아한 표정으로 바라보자, 호타루가 배를 움켜잡는다.

"집이 아무리 넓어도 지도를 그려주는 사람이 어디 있어요."

큭큭큭 웃으며 고개를 들자, 얼굴이 새빨갛게 달아올랐다.

그러고 보니 중요한 이야기를 전달하는 걸 깜박했다.

"호타루 말이야. 오늘부터 우리 집에서 지내기로 했어."

내가 나직이 말을 꺼내자, 가족들이 서로의 얼굴을 쳐다보더니, 곧 네 사람의 비명이 집 안에 울려 퍼졌다.

2 평범한 고등학생

다카히라 일가 남매 넷이 지내던 공간에 사람 둘과 고양이 한 마리 식구가 늘었다.

한 사람은 스스로를 여동생이라고 하는 호타루. 일주일 전, 재수 꽝인 그날부터 우리 집에서 같이 생활한다. 그리고 4일 후 고하루 고모가 반려묘 기스케와 함께 짐을 싸 들고 왔다.

고모는 또 무슨 일로 왔냐고 묻자, 정색하며 다음과 같이 말했다.

"혈기 왕성한 고등학생 남녀가 한 지붕 아래 사는 게 아무래도 걱정돼서 말이야."

……. 아니 저기요.

"우리 남매야. 혈육 관계가 아니었다면 애초에 우리 집에서 살게 할 리 없잖아."

지긋지긋하다는 표정으로 대답하자 고모는 내 말에 동의하며 어깨를 으쓱했다.

"어차피 애들만 지내도록 내버려둘 수 없으니까. 어른으로서 모른 체 하면 안 된다고 생각했어."

이제 와서 새삼스럽게 말하는 고모를 향해 '아아' 하며 건조한 목소리로 답했다.

"알고 있었다면 진작에 좀 와 주지."

"내가 있으면 오빠가 더 제멋대로 행동할 것 같았어."

말은 그럴듯하지만 한편으로 변명처럼 들린다. 그렇지만 그때는 어쩔 수 없었을 것이다.

당시 고모는 꿈에 그리던 미용실을 막 오픈해서 다른 데 신경 쓸 여유가 없었다.

고모에게도 개인적인 사정과 생활이 있을 테니 전적으로 의지할 수는 없는 법.

"미안해. 나리가 있으니까 안심했었어. 걱정하지 마. 이제라도 내가 왔으니 나리도 남들처럼 평범한 고등학생 생활을 즐겨야지."

고하루 고모가 내 어깨를 가볍게 두드렸다.

고생 끝 낙이 온다고 했다. 지긋지긋한 살림살이에서 해방되는 것이다. 너무 기쁜 나머지 나도 모르게 만세 하며 소리질렀다.

분명 그랬는데…….

'따르릉' 종소리가 울린다.

네, 지금 갑니다. 세제가 묻은 그릇을 물로 씻고 있는데 또다시 '따르릉따르릉' 소리가 울린다.

알겠다니까.

"좀 기다려요!"

수도꼭지를 잠그고 서둘러 복도로 향했다. 발소리를 쿵쿵거리며 2층으로 올라가 왼쪽에서 두 번째 방을 들여다봤다.

"기스케가 똥 쌌나 봐."

침대 위에서 초인종을 누른 고모가 나를 보며 말했다. 붙박이장 옆에 놓은 고양이 화장실 안에 모래로 뒤덮인 갈색 덩어리가 보인다.

지독한 냄새. 먼저 손등으로 코를 가린 다음 고양이 삽으로 해당 물체를 퍼 올린다.

속으로 왜 고양이 똥까지 치워야 하냐며 투덜대면서 봉투 안으로 집어넣었다.

"미안해, 원래 내가 해야 하는데."

솔직하게 사과하니 불평할 수도 없다.

"괜찮아."

대신 짧게 대답했다.

고모 오른발에 둘둘 감긴 붕대를 보자 안쓰러운 마음이 들었다.

'걱정하지 마, 이제 내가 왔으니.'

'나리도 남들처럼 평범한 고등학생 생활을 즐겨야지.'

고모는 우리 집으로 온 첫날 밤, 한밤중 계단에서 미끄러져 발가락 골절상을 입었다.

그 때문에 나는 사람 둘과 고양이 한 마리가 늘어난 집안일과 간병마저 도맡게 되었다. 움직이지 못하는 고모를 혼자 내버려둘 수 없어서 오늘은 학교에 안 갔다.

"지금은 우선 빨리 낫는 것만 생각해."

"알았어. 나리도 내일부터 꼭 학교 가고."

고양이 화장실에 모래를 새로 채워 넣으며 슬쩍 고모를 봤다.

"그런데 혼자서는 힘들지 않겠어? 기스케도 돌봐야 하고."

"마음만 먹으면 할 수 있어."

……. 이봐요.

"목발 사용법도 꽤 익숙해졌으니까. 그리고 매장을 계속 비워둘 수는 없어서 말이야."

그러고는 고개를 가로저으며 한숨을 쉬었다.

"개인 사업자는 아플 때가 가장 슬퍼. 나리는 안정적인 직장에 다녀."

갑자기 무슨 소리냐며 대꾸하자, 고모가 내 얼굴을 똑바로 보며 말했다.

"네가 없어도 회사가 잘 돌아가는 곳에서 일하라는 말이야."

"응? 오히려 반대 아니야? 내 가치를 높이기 위해서는 없어서는 안 되는 존재가 되어."

"파래. 파란 하늘이야."

고모가 내 말을 끊었다.

"진정한 의미에서 대체 불가능한 일은 거의 존재하지 않아."

"그래?"

"머릿속으로 떠오르는 일이 있다면 한번 말해봐."

갑자기 물어보니 딱히 떠오르지⋯⋯.

"아! 야구 선수는 어때?"

"만약 선발 투수가 못 던질 경우 시합 자체가 불가능할까? 아니야. 불펜진이 등판하면 되잖아."

"하지만 선발 투수의 투구는 그 선수만 할 수 있는데."

고하루 고모가 코웃음 쳤다.

"너무 당연한 말 하지 말고. 내가 말하려는 요지는 선발 투수 한 명이 없어도 시합은 가능하다는 거야. 회사도 마찬가지야. 한 명 한 명 업무 처리 능력이나 속도, 인맥에서 당연히 차이는 존재해. 그렇지만 제아무리 업무 능력이 뛰어난 사람이라도 자리를 비우면 누군가 그 일을 대신할 수 있어. 하지만 나처럼 개인 가게를 운영하는 사람은 아프거나 일이 생겨서 못 나가면 그대로 고객들에게 외면당하고 말아. 거리에 널린 게 동네 미용실이니까.”

맞는 말이다. 자주 가는 미용실이 쉰다 해도 선택지는 얼마든지 있다. 집에서 가장 가까운 역까지만 해도 네다섯 군데나 있고.

“대신 일할 미용사를 한 명 더 고용하면 되지.”

“불가능해.”

“어째서.”

고모가 쓴웃음을 지으며 말했다.

“미용사 한 명 고용하는 데 얼마나 많은 돈이 드는지 알아? 게다가 우리 가게는 좌석이 하나뿐이라고.”

하긴. 고모는 작고 오래된 2층 주택을 개조해서 1층은 미용실로 운영하고 2층을 주거용으로 사용하고 있다. 처음에는 좌석이 하나뿐인 아담한 미용실에 과연 사람이 올지 걱정했는데, 오픈 전부터 ‘1인 미용실’ ‘개인 프라이빗 보장’ ‘1 대 1 맨투맨’ 같은 홍보를 하자, 기대 이상의 반응을 보이며 하루에도 여러 건의 예약이 들어온다. 비슷한 말도 표현 방법에 따라 결과가 천양지차인 것이다.

"일단 수요일까지 예약 건은 취소했지만 앞으로가 문제야."

고모가 지긋지긋하다는 듯 깁스한 발을 노려본다. 깁스를 풀기까지 한 달 가까이 걸린다고 한다. 그동안 가게를 비울 수 없는 심정은 이해하지만.

"아무리 그래도 당장 목요일부터 여는 건 힘들지 않겠어?"

지극히 상식적인 말인데 고모가 째려본다.

"나리는 좀비 영화에 출연하면 가장 먼저 죽는 캐릭터일 거야."

"뭐?"

"영화에 나오잖아. 방 안에서 숨어 덜덜 떨다가 3초 컷 당하는 엑스트라 말이야."

"……."

"신중하기보다는 겁쟁이인 거지. 몸이 굳어서 움직이지 못하는."

분명 가게를 여냐 마냐 하는 이야기였는데, 어느새 좀비 영화로 화제가 넘어갔다. 그건 그렇고 겁쟁이는 말이 심하잖아.

"이틀 전으로 돌아갈 수 있다면 나 자신에게 말해주고 싶어. 계단 내려가면서 휴대폰 보면 큰일 난다고.”

한탄하는 고모를 뒤로하고 방 창문을 열었다. 바깥 기온은 여전히 높았지만, 습도는 꽤 낮아졌다. 기분 탓인지 바람도 선선한 것 같다.

“이럴 때 타임머신이 있었으면.”

타임머신. 만약 그런 게 있다면 나는…….

그 순간 복도에서 발소리를 내며 호타루가 나타났다. 크게 하품하면서 ‘아녕(안녕).’하고 인사한다.

오늘도 오탈자인지 뭔지 모를 Massachumetts라는 알파벳이 적힌 긴팔 티셔츠에 초록색 저지를 입은, 패션이라고 말하기조차 민망한 옷을 입고 있다.

“안녕. 벌써 한낮이지만 말이야.”

“호타루!”

고하루 고모가 난데없이 목청을 높였다. 고모는 복도 쪽으로 얼굴을 내비친 호타루를 향해 빨리 와 보라며 다급히 손짓했다.

“호타루한테 긴히 할 얘기가 있어.”

“저한테요?”

“호타루, 우리 미용실에서 어시스턴트 할 생각 있어? 물론 아르바이트 비용은 꼬박꼬박 챙겨 줄게.”

"뭐라고?"

옆에 있던 내가 무심결에 소리를 질렀다.

호타루와 같이 지낸 지 고작 며칠밖에 안 됐지만, 대낮에 일어나 이상한 차림으로 '아녕!' 하고 인사하는 녀석한테 대체 무슨 확신으로 어시스턴트를 맡기는 거야.

"분명 얼마 못 갈걸!"

"또, 또 나왔다. 나리의 '비관론'."

고모가 콧방귀를 뀌었다.

아니, 고모 내 말 좀 들어봐, 현관 옆에 쓰레기봉투가 세 개나 쌓인 이유가 왜인지 알아? 우편함 안에 며칠 분량의 신문이 빼곡한 이유는 왜 그런 거라고 생각해?

전부 호타루 때문이다.

호타루는 믿을 수 없을 만큼 손 하나 까딱하지 않았다. 우리 집에 온 다음 날부터 밤 11시가 되면 머리에 담요를 뒤집어쓰고 텔레비전 앞에 눌러앉아, 아침 해가 뜰 때까지 공포 영화를 본다. 게다가 '으악!' '히익!' '꺅!' '안돼' '빨리빨리' 같은 소리를 질러대는 바람에, 한밤중 잠에서 깬 가나데는 무서워서 벌벌 떨고 다마키와 도모에도 혼자서 화장실을 못 가게 되어 버렸다.

소리 지를 정도로 무서우면 보지 말라고 다그치니 급히 해

결해야 할 미션이 있다면서 오히려 나를 쏘아봤다. 그날 이후부터 쿠션으로 입을 막고 보기로 일단락되었지만, 쿠션 밖으로 새어 나오는 비명까지는 막지 못했다.

밤새 영화를 보고 아침에는 줄곧 침대에 누워있는다.

학교에 가라고 깨워도 봤지만, 고등학교는 안 다닌다고 말하고 펼쳤던 이불을 다시 뒤집어쓴다.

특이한 것은 학교는 안 가면서 외출할 때는 무조건 교복을 입는다는 점이다. 슈퍼 시라키에서 처음 만났을 때도 그랬다. 이유를 묻자 씩 웃으며 '돌아다니기 편해서.'라는 답이 돌아왔다.

호타루 말로는 교복은 시간과 장소, 상황에 구애받지 않고 언제든지 입을 수 있고, 외출할 때마다 옷을 고르는 고민할 필요가 없어서 좋다고.

무례한 것도 정도가 있지.

아침엔 침대에 누워있지, 낮에 일어나 먹고 난 그릇은 식탁 위에 그대로 올려놓지. 목욕을 하고는 탈의실 발 매트를 쓰고 제자리에 두지 않는 데다, 수건은 소파에 휙 널브러뜨려 놓는다.

잠자코 지켜보기를 3일, 칼을 빼 들었다.

"우리 집에서 지낼 거면 집안일 좀 해."

"내가 왜?"

"다마키, 도모에, 가나데 모두 자기 일은 스스로 하는 데다 각자 집안일을 맡고 있어. 너만 아무것도 안 하면 불공평하잖아."

그러자 호타루가 중얼거렸다.

"잘났어! 정말."

"뭐?"

내가 미간을 찌푸리자, 호타루는 크게 한숨을 쉬며 말했다.

"한 살 밖에 차이 안 나면서."

"그렇다면 더더욱 해야지! 너는 대체."

"알았어! 알았으니까 그만해. 시끄러워. 그럼, 신문 담당할래."

"신문?"

이해가 가게 말 좀 해라.

"우편함에서 신문 가져오는 역할."

지금 날 놀리는 거야 뭐야? 멍청한 건가?

집안일할 생각이 없는 호타루를 노려보자, 식탁에서 숙제하던 가나데가 불안한 눈빛으로 내 티셔츠를 잡아당겼다.

알았어……. 화를 꾹 참는 대신 한마디 덧붙였다.

"그럼, 신문이랑 쓰레기 내놓기까지."

내가 한발 물러서자 호타루는 마지못해 받아들였다.

그런데 다음 날 아침에도 침대에 드러누워 일어나지 않는다. 언제까지 안 하나 두고 보자. 내 자전거 옆에는 음식 쓰레기봉투 2개와 재활용 쓰레기봉투 1개, 우편함에는 4일 치 신문이 쌓여있다.

집안일도 제대로 못 하는 녀석이 어시스턴트를 한다고? 알바를 한다고? 말도 안 되는 소리.

"당장은 학교에 안 가고 하루 종일 집에 있으니, 그 시간에 알바하면서 용돈도 벌면 호타루한테도 좋지 않을까?"

고하루 고모는 호타루를 향해 손가락 마디를 움직여 보였다.

"이 손 봐봐. 작업하는 건 문제없어. 꼭 좀 도와줄 수 있겠니?"

고모는 두 손을 모으며 호타루를 바라봤다.

"알바 정도라면 할게요."

"고마워! 이 은혜 꼭 갚을게!"

고모는 몸을 앞으로 기울이다가 그만 고꾸라졌다. 아픈 표정이지만 입가에 미소는 사라지지 않았다.

이제 난 몰라. 무슨 일이 생겨도 안 도와줄 거야.

다음 날, 방과 후 집으로 돌아오니 다마키가 기스케에게 장

난치고 있었다.

"고모는?"

"호타루 언니랑 같이 가게에 갔어."

진짜였구나. 그런데 그 다리로 어떻게.

"택시 타고 갔어?"

"아니, 휠체어. 호타루 언니가 병원에서 빌려 왔대."

휠체어라니. 하긴 휠체어를 타면 가게까지 갈 수 있고, 도착해서는 이동식 시술 의자를 사용하면 되니 시술 자체는 크게 어렵지 않을 것이다. 물론 어시스턴트가 그 외 자잘한 업무까지 무사히 해낸다는 전제 하의 이야기이지만.

고모는 '시술하는 모습을 보면서 필요한 도구를 준비하고 정리하는 간단한 일'이라고 했지만 처음 하는 사람이 척척 해내기 쉽지 않을 것이다.

고모도 도움이 안 된다는 사실을 알면 얼마 안 가 포기하겠지.

창밖 너머 <저녁노을> 동요가 울려 퍼졌다. 방재무선(일본 전국 시정촌에서 시행되는 재난 설비 점검 시스템)에서 일과가 끝나갈 때 트는 음악이다. 지난주까지 5시 반에 흘러나왔지만, 10월로 접어들면서 5시로 앞당겨졌다.

곧 있으면 도모에와 가나데가 돌아올 시간이어서 냉장고

안에 있는 식재료를 확인했다. 저녁밥은 부타돈(조리한 돼지고기를 밥 위에 올린 일본식 덮밥)으로 정했다.

"다녀왔습니다."

저녁 8시가 지나 고하루 고모와 호타루가 돌아왔다. 목발을 짚고 절뚝거리며 거실로 들어온 고모는 얼굴을 활짝 펴고 웃었다.

"오늘 호타루가 너무 잘 해줬지, 뭐야! 시술도 순서대로 기억하고. 그렇지?"

뒤에 선 호타루도 평소와 달리 자신감에 찬 표정을 짓는다. 그건 그렇고 호타루는 오늘도 교복 차림이다.

"저녁은 부타돈인데 먹을 거지?"

밥상을 차리려고 소파에서 일어나는데 고모가 목발을 들어 올려 좌우로 휘둘렀다.

"미안해. 먼저 연락하는 걸 깜빡했네. 우리 먹고 왔어."

"우리는 쏙 빼놓고. 뭐 먹었어?"

다마키의 물음에 호타루가 '오므라이스'라고 대답했다.

"좋겠다. 가나데도 오므라이스 먹고 싶었는데."

옆에서 도모에도 자기도라며 손을 들었다.

매번 부타돈만 먹여서 미안하다. 셋 다 한 공기씩 더 먹었으면서.

"다음에 다 같이 먹으러 가자."

고모가 호타루를 보며 윙크했다. 호타루는 고개를 살짝 끄덕이고는 손에 든 봉투를 내밀었다.

"이건 고하루 고모가 사 온 선물."

"앗, 설마 푸딩이야?"

다마키는 봉투를 건네받자마자 안을 들여다봤다. 자기가 맞췄다며 환호하고는 푸딩과 스푼을 꺼내 동생들에게 나눠 주었다. 셋 다 소파에 나란히 앉아 뚜껑을 열고 먹는다.

"나리 거도 사 왔어."

고모의 말에 들릴 듯 말 듯 한 목소리로 잘 먹겠다고 대답했다.

호타루가 씻으러 가겠다며 거실을 나갔다. 고모는 목발을 식탁 옆에 가지런히 기대어 놓고 의자에 걸터앉았다.

고모 앞에 호지차를 부은 찻잔을 내려놓자 한 모금 마시며 고마워했다.

"그래서 모레부터 가게를 열 수 있을 것 같아?"

"응. 다행히도."

"오!"

반신반의한 목소리로 맞장구치자 고모는 힐끗 내 얼굴을

보며 웃었다.

"뭐지 그 반응은, 못 믿겠다는 얼굴인데."

"당연하지."

집안일 하나 못 하는, 아니, 할 생각이 없는 애가 어시스턴트를 하다니 도무지 믿을 수가 없다.

"같은 반 친구 누나가 미용학원에 다닌다던데, 한번 도와달라고 말해 볼까? 그 누나도 미용실에서 알바하고 싶다고 했거든."

평소 성가시긴 해도 고하루 고모는 우리에게 소중한 사람이다. 고모가 조금이라도 편히 일할 수 있도록 나는 나대로 적은 인맥을 활용해서 대신할 사람을 찾아보았다.

"나도 미용 학원에 다닐 때 지인이 운영하는 미용실에서 일한 적이 있었지. 마음은 고맙지만, 그 아이에게 자리가 꽉 찼다고 전해줘."

"대체 왜 그러는 건데?"

고모는 진지한 표정으로 가만히 내 얼굴을 봤다.

"왜냐하면 호타루가 일을 잘하니까."

그러면서 선물로 사 온 푸딩을 나한테 내밀었다.

어시스턴트는 손님맞이, 청소, 예약 접수, 미용 도구 정리 및 준비, 수건과 천 빨래 등등 생각보다 할 일이 많다.

"청소도 꼼꼼하게 하고. 거울은 자국 하나 안 남도록 각도를 바꿔 가면서 닦았어. 수건이랑 천은 가지런하게 잘 접었고, 파마랑 염색하는 데 필요한 도구도 곧잘 준비해 주었어."

고모가 내 눈을 쳐다봤다.

"나는 농담 삼아 호타루에게 부탁하는 게 아니야."

말을 마친 고모는 '쿡'하고 웃었다.

"교복 입는 버릇은 좀 고쳤으면 좋겠지만 말이야."

호타루가 고모네 가게에서 어시스턴트 일을 한 지 2주가 지났다. 처음에는 의심의 눈길을 보냈지만, 예상보다 잘 해내는 듯하다.

매일 아침 7시에 침대에서 일어나 고하루 고모를 휠체어에 태운 다음 나보다 조금 먼저 출발한다.

집에서 가게까지 전철로 30분도 안 걸리지만, 전철은 탈 때마다 역무원에게 휠체어 경사로를 꺼내 달라고 부탁해야 하기에 10분이 더 걸리더라도 걸어서 다닌다.

동생들의 일상도 여전하다. 아침부터 '체육관에서 신을 신발이 없어.' '알림장에 도장 안 찍었어.' '우유 흘렸어.' 등등 야단법석이다.

오늘도 셋 다 늦지 않고 무사히 학교에 보냈다.

"전쟁터를 방불케 할 정도인데."

정기 휴무일로 쉬는 고모가 식탁 의자에 털썩 앉아 나를 바라봤다.

"이제 와서 새삼스럽지만 나리 너, 지금껏 혼자서 잘 버텨 왔구나. 대단해. 만약 나 혼자였다면 절대 못 했을 거야. 진작에 항복했지."

"그러게."

고모의 말에 가볍게 웃어넘겼다. 하지만 사실 동생들은 고모와 호타루가 오기 전까지 나를 배려해 준 것일지도 모른다. 어른스럽게 행동하려 하거나, 무리하기도 했다. 오늘처럼 어리광 피우며 덤벙거린다는 것은 셋 다 마음의 여유가 생겼기 때문이 아닐까. 이런 생각이 들자 조금 기쁘면서도 서글픈 감정이 들었⋯⋯. 반대로 이 녀석은 무리해서라도 자기 능력 이상의 일을 했으면 하는데. 소파 위에서 담요를 덮어쓰고 깊이 잠든 호타루를 보며 그만 한숨을 쉬고 말았다.

"호타루는 또 밤새 영화 본 거야?"

고모가 커피를 한 모금 마시며 물었다.

"그런 것 같아."

어시스턴트 일을 시작하면서 한밤중에 공포 영화를 보지 않지만, 정기 휴무일 전날은 예외인 듯하다. 소파 테이블 위로

DVD 케이스가 수북이 쌓여 있다.

"야, 잘 거면 방에 가서 자."

담요를 여러 번 쿡쿡 찌르니 호타루가 조용히 일어났다. 눈 밑으로 다크서클이 짙다.

"졸려."

호타루는 한마디 말만 남기고 담요를 질질 끌며 방으로 들어갔다.

"좀비가 따로 없네."

고모는 씁쓸하게 웃으며 커피에 각설탕 하나를 더 넣고는 뭔가 떠오른 듯 주머니에서 엽서를 꺼내 펼쳐 보았다.

순간 아버지가 보낸 건가 싶었지만, 받는 사람에 '다카히라 고하루 님에게'라고 적은 글씨체가 아버지의 것과 달랐다.

말없이 엽서로 시선을 옮기자 고하루 고모는 한번 읽어 보라며 내 쪽으로 내밀었다. 건네받은 엽서 뒷면을 보니 주황색 감이 잔뜩 그려져 있다. 한 마디로 그림엽서다. 그림 옆에 얇은 선으로 글귀 하나가 쓰여 있다. 지렁이가 기어가는 듯한 글씨체로 이어 쓴 글자인지 흘려 쓴 글자인지 알아보기 힘들다. 이런 글을 명필이라고 부르는 것일까? 아니, 설령 명필가라 할지라도 상대방이 이해하지 못하면 과연 글자로서 의미가 없는 것은 아닌지. 아니면 읽지 못한 내 잘못이라든가.

…….

아마도 그건 아닐 것이다. 호타루나 노부도 다들 못 읽을 테니까.

엽서에 얼굴을 바짝 갖다 대는 모습에 고모가 쓴웃음을 지었다.

"가까이서 봐도 못 읽는 것은 마찬가지면서."

쳇, 비웃는 거야 뭐야. 크게 헛기침하고는 고개를 들었다.

"고모는 읽을 수 있어?"

"대강이지만 알 것 같아."

"진짜? 아, 옛날에는 이런 글씨체도 배웠을 테니."

그 말에 고모가 이마에 딱밤을 때렸다.

"아야."

그러고는 읽어주겠다며 내 손에 쥔 엽서를 채 갔다.

"'나고야성 여름 축제 당시, 오빠 유노스케 님께 대단히 많은 신세를 졌습니다. 다음번에 나고야로 오실 일이 있으시면 꼭 한 번 방문해 주시길 부탁드립니다.'라고 쓰여 있어."

나고야성 여름 축제?

"왜 하필 나고야? 아버지는 대체 뭐 하고 다니는 거야."

고모 손에 있는 엽서를 도로 낚아채서 앞면을 확인했다.

보내는 사람란에 주소와 함께 '사이다 유'라는 이름이 쓰여 있다.

"그나저나 이 사람은 누군데?"

고모는 자기도 모르겠다며 어깨를 으쓱했다.

"뭐?"

"나리도 사이다라는 이름에 짐작 가는 곳 없고?"

없다고 고개를 젓자 고모는 자기도 그렇다며 대답했다.

재차 엽서를 펼쳐 못 읽은 부분을 다시 눈으로 훑었다.

"우리한테 오라고 하는 것 같아."

내 말에 고모는 커피를 마시려다가 멈추었다.

"왜 그렇게 생각하는데?"

"'나고야로 오실 일이 있으시면 꼭 한 번 방문해 주시길 부탁드립니다.'라고 했으니까?"

"그야 형식적으로 하는 말이지. 진짜인 줄 알고 태연하게 가면 이상한 눈초리로 볼 거야."

"그런 거야?"

"그래. 어른 세계에서는 상식이지."

어렵다, 어려워…….

"어, 벌써 시간이 이렇게 됐네. 나리 학교 가야지."

"어제 말했잖아. 개교기념일이라서 안 간다고."

"그랬어?"

고하루 고모가 혀를 빼꼼 내미는데 거실 마루 쪽에서 창문을 두드리는 소리가 났다. 고모가 반갑다는 듯 오른손을 들자 익숙한 목소리가 들렸다.

"안냐세요!"

그 인사 좀 그만해.

뒤돌아보니 노부가 오랜만이라고 말하면서 거실로 들어왔다.

"허락도 없이 함부로 들어오지 마."

"그렇지만 문이 열려 있었는걸."

실실 웃어 대는 노부.

"고하루 아주머니 다리는 괜찮으세요?"

"뭐 보는 대로야. 커피 있으니까 따라 마시렴."

고모는 그렇게 말하면서 주머니 안으로 엽서를 집어넣었다.

노부가 우유도 마시고 싶다며 벌컥 냉장고를 연다.

정말 염치없는 녀석이다.

노부가 손에 머그잔을 쥐고 내 옆자리에 앉으려고 한 순간.

"앗."

의자 위로 기스케가 몸을 둥글게 웅크리고 자고 있었다.

"안됐지만 먼저 온 손님이 있어서."

노부는 내 말은 듣지도 않고 컵을 식탁 위에 놓고는 애교 넘치는 목소리로 기스케를 부르며 안아 들었다.

'우리 같이 앉자.'라며 기스케와 함께 의자에 앉자, 기스케는 심기가 불편한지 앙칼진 소리를 내며 노부의 무릎에서 뛰어내렸다.

"어, 가버렸다."

"싫어하는 거 아냐?"

내가 비식비식 웃으니 노부가 슬픈 표정으로 진짜냐며 울먹였다.

"그런데 왜 온 거야?"

"왜긴. 심심해서 왔지."

뭐? 내가 미간을 찌푸리자 노부가 의아하게 쳐다봤다.

"용건이 있어야만 올 수 있는 거야?"

"당연하지. 그보다 선배 집에 들어오려면 허락을 구하고 들어와야지. 다들 그렇게 한다고."

노부는 후후 입김을 불면서 머그잔에 입을 댔다. 내가 무슨 말을 하든 노부는 한 귀로 듣고 한 귀로 흘리기 때문에 아무런 타격이 없다는 것을 잘 알고 있다. 그래서인지 이렇게 주고받는 말은 매일 하는 의식 같은 행위이다.

고모는 노부를 내버려두고 싱크대로 가져다 놓은 빈 그릇과 수저를 씻기 시작했다. 여전히 목발을 짚고 다니긴 해도 설거지는 가능하다. 덕분에 내 할 일이 많이 줄었다.

그사이 나는 거실을 청소했다. 학교 가는 날은 청소기로 한 차례 가볍게 밀고 끝낼 때가 많지만, 쉬는 날에는 쓰레기통을 한편에 치우고 식탁과 소파 아래까지 구석구석 청소기로 빨아들인다. 거실과 마루까지 청소를 끝내고 나니 노부가 소파 위로 이동해서 리모컨으로 채널을 돌린다.

'노부, 돌돌이로 러그 한 번 밀어줘.'라고 말하며 테이프 클리너를 소파 위에 갖다 놓자, 노부는 텔레비전 화면에 시선을 고정한 채 알겠다고 대답했다.

"기스케 털은 청소기로 다 빨아들이지 못하니까 구석구석 빠짐없이 밀어줘."

'알았어.'라는 도무지 알아들은 것 같지 않은 답변이 되돌아왔다.

정말이지.

어느새 고모가 설거지를 끝내고 식탁에서 노트북을 켜서 작업을 하고 있다. 나는 청소기를 들고 복도로 갔다. 2층 방은 각자 청소하기로 했고, 복도나 계단 같은 공용 공간은 보통 내 담당이다. 청소하는 날은 쓸데없이 넓은 집이 원망스러울 때도 있지만, 현관에 들어서면 눈앞에 펼쳐지는 이 복도는 나에게 있어 특별한 추억이 서린 곳이다.

실은 어머니가 살아 계실 때부터 복도 청소는 줄곧 내 담당이었다. 우리 집은 지은 지 수십 년 된 낡은 집이라서 수리할 곳이 있을 때마다 틈틈이 고쳤다. 내가 초등학교 3학년일 때, 예전부터 너덜너덜했던 복도 바닥을 새로 간 적 있다. 집 안을 들어설 때 밝은 분위기였으면 좋겠다는 어머니 의견에 따라 일본 왕자작나무를 원자재로 썼다. 옹이가 적고 연분홍 색상으로 은은한 온기가 느껴지는 게 그 이유였다. 맨발로 걷자 발바닥에 매끄러운 감촉이 느껴졌다. 장마 기간에도 바닥이 끈적해지는 일이 거의 없어서 좋다.

"복도는 현관을 들어서면 바로 보이는 집안의 얼굴이니까, 이곳 청소는 나리한테 맡길게!"

어머니의 부추김 덕분에, 그날 이후로 지금까지 줄곧 복도 청소를 담당하고 있다. 전보다 반들반들한 촉감으로 변했지만 지금도 여전히 현관을 열면 눈앞에 펼쳐진 복도를 보면서 마음이 평온해진다.

청소기를 다 돌린 후 발바닥으로 바닥을 가볍게 훑었다. 슬슬 물걸레질할 시기인 것 같아 곧바로 화장실로 향했다. 바닥이 까끌까끌하거나 먼지가 달라붙어 있지도 않았지만, 왠지 모르게 바닥 질감이 물걸레질할 타이밍이라 느껴졌다. 그 사실을 아는 사람은 우리 집에서 나 혼자다.

무심코 쓴웃음을 지으며 힘껏 걸레를 짰다. 한 장 더. 다 마른걸레를 가지고 복도로 돌아오는데 현관 밖에 사람 그림자가 비쳤다.

응?

다마키가 문을 열고 들어왔다.

"다마키? 학교는 어떻게 하고?"

"배 아파서 조퇴했어."

"배 어디? 열은 안 나고?"

이마에 손을 갖다 대려 하자 다마키가 쓱 몸을 뒤로 피했다.

"고모는?"

거실 쪽을 가리키자 다마키는 신발을 벗어 던지고 복도를 허겁지겁 뛰어갔다.

뭐야, 왜 저래.

한 손에 걸레를 쥐고 거실로 들어서자 다마키가 고모 품에 꼭 안겨 있었다.

"우리 다마키가 무슨 일일까?"

고모는 깜짝 놀란 듯 말하고는, 다마키의 머리를 어루만지며 나를 바라봤다.

"배가, 배가 아파서 조퇴했대. 그렇지?"

내 말에 다마키는 고모 품에 안긴 채 고개를 끄덕였다.

다마키의 모습이 평소와 다르다. 이런저런 말썽을 피워도 참을성이 강한 데다, 얼토당토않은 일이나 다투는 것을 싫어하는 성격이다. 배가 아프다고 해서 혼자 귀가할 아이가 아니다. 혹시 친구들과 다툰 건가, 아니면 따돌림을 당했다거나?

"그래, 그래. 배가 아팠구나."

고모가 슬쩍 내 얼굴을 쳐다봤다. 왠지 모를 묘한 분위기가 흐르는데 노부가 개운한 표정을 지으며 화장실에서 나왔다. 젖은 손을 후드티에 쓱쓱 말리면서.

"어, 다마키다. 학교 땡땡이친 거야?"

눈치 빵점인 노부가 말을 마친 후 '아하하' 하며 크게 웃었다. 내가 틀렸다며 째려보자, 노부는 영문을 모르겠다는 얼굴로 고개를 갸웃거렸다.

"갑자기 배가 아파서 조퇴했대. 아, 선생님께는 말씀드렸고?"

내 말에 다마키는 고개를 가로젓는다.

고모는 나에게 대신 연락하도록 부탁하고는 한 손으로 목발을 짚고 다른 한 손으로는 다마키 어깨에 손을 얹어 2층으로 올라갔다.

"아침에 뭐 잘못 먹은 거 아니야?"

천연덕스럽게 말하는 노부를 물끄러미 쳐다봤다.

"방금 한 말, 고모가 들었으면 한 대 맞았을 거야."

"왜?"

"오늘 아침밥 고모가 했거든."

복도를 물걸레질할 타이밍을 놓치는 바람에 노부와 젠가를 하는데 고모가 목발을 짚은 채로 거실로 내려왔다.

"다마키는 어때?"

젠가 꼭대기에 나무 블록을 올리면서 말하자 고모가 미소를 지었다.

"제법 진정됐어. 나 가게 좀 갔다 올게."

"뭐."

무심코 몸을 일으키다가 그만 노부의 팔에 닿는 바람에 젠가가 와르르 소리를 내며 무너졌다.

노부가 비명을 지르고는 방금 건 내가 한 거라며 소리를 지른다. 못 본 척 무시하니 부딪힌 곳을 가리키며 여기 보라며 끈질기게 군다.

성가시네, 참.

"오늘 쉬는 날 아니었어?"

"휴일에도 할 일이 산처럼 쌓여있습니다요."

고모는 딱 잘라 대답하고 이따 보자는 말과 함께 거실 문을
닫았다.

잠깐 기다리라고 뒤따라가며 부르자, 고모가 현관으로 향
하던 발걸음을 멈추고 뒤돌아섰다.

"역시 이대로는 안 되겠어. 이따가 다마키 병원에 데리고
갔다 올게."

내 말을 들은 고모가 입가에 미소를 머금었다.

"괜찮아. 병원은 안 가도 돼."

"그래도."

"초경이야."

초경? 머릿속으로 단어 뜻을 떠올리려고 하자 고모는 답답
한 듯 한숨을 쉬었다.

"다마키, 생리 시작했어."

"뭐."

뜻밖의 단어에 당혹감을 감추지 못했다.

"뭘 그렇게 당황하는 거야? 초등학교 5학년이니까 슬슬 그
럴 시기이지. 또래보다 너무 빠른 것도 아니고 말이야."

현관을 향해 발걸음을 옮기려는 고모의 팔을 엉겁결에 붙
잡았다. 고모가 목발을 휘두르며 왜 그러냐고 묻는다.

"이제 나 어떡해야⋯⋯."

"걱정하지 마. 다마키도 처음이라 깜짝 놀랐을 뿐이야. 생리대 사용법도 알려준 데다 어디 아픈 건 아니니까 평소처럼 행동하면 돼. 괜히 챙겨주면 오히려 싫어할 거야."

그건 그렇지만. 그래도⋯⋯.

"일단 호타루한테도 말해 놓았어."

고모는 다녀오겠다는 말과 함께 내 등을 세게 치고는, 왼발에 운동화를 신고 목발을 능숙하게 다루면서 밖으로 나갔다.

"둘이 속닥속닥 무슨 이야기를 한 거야?"

불현듯 귓가로 들린 소리에 외마디 비명을 질렀다.

노부⋯⋯. 소리 없이 다가오지 좀 말라니까.

나는 대답 대신 화장실 앞에 놓인 리넨 벽장에서 침대 시트를 꺼냈다. 시트 뭉치를 품에 안고 거실 마루로 가서 다리미판을 놓았다.

아무 생각 없이 있고 싶을 때 다림질만큼 좋은 집안일도 없다.

"다리미? 나리 이제 살림꾼 다 됐네."

조용히 좀 해.

"노부 그거나 좀 정리해 놔."

소파 앞에 어질러 놓은 젠가를 가리켰다.

"더 안 할 거야? 한 판만 더 하자."

"안돼. 나는 지금 바쁘다고."

전원을 켜서 '고온' 버튼을 누른 다음 시트 한 장을 집어 다리미판에 펼쳤다.

작게 깜빡이는 불빛이 초록색으로 바뀐 것을 확인한 후 다리미를 들어 올린다.

다림질의 기본은 주름 펴기, 누르기, 스팀이다. 시트 재질은 먼저 다리미에서 분출하는 증기를 뿌린 뒤 다리미 밑판을 천에 찰싹 갖다 댄다. 누르듯이 앞으로 미끄러뜨리면 주름진 천이 순식간에 새것처럼 깔끔하게 펴진다. 그 순간의 쾌감은 이루 말할 수 없을 정도다.

잡념 없이 손을 놀리다 보니 마음도 서서히 차분해진다.

치익 치익ㅡ

치익 치익ㅡ

침대 시트 6장 전부 주름 하나 없이 다림질 끝. 가지런히 접어서 마루에 쌓아 올려놓고 일어나 기지개를 켰다.

손으로 시트를 들고 흥얼거리며 고개를 돌리는데 노부가 소파 위에서 코를 골며 자고 있다. 젠가는 어질러 놓은 채.

뭐 하냐.

노부의 엉덩이를 발끝으로 툭툭 치자 몸을 뒤척였다.

"내가 정리하라고 했지. 왜 남의 집에서 자고 있어."

노부가 으음 하고 신음을 내며 끔벅이다가 가까스로 눈을 떴다.

"안녀엉."

"뭐가 안녕이야."

내가 눈을 가늘게 뜨는 모습에 노부가 반쯤 입을 열면서 '나리는 말이야.'하고 작게 중얼거렸다. 내가 '뭐.'라고 하자 노부는 대답 대신 시시덕거리며 하품했다.

그다음 말은 뭔데.

'엄마 같아.'

머릿속에 오래전 노부한테 들은 말이 떠오르는 바람에 황급히 고개를 저었다.

말도 안 되는 소리.

누군가를 대신하는 건 결코 쉬운 일이 아니다. 하물며 어머니 대신이라니. 동생의 초경 소식에 당황한 나를 보면서 한심한 나머지 한숨이 새어 나온다.

벽장에 침대 시트를 넣고 있는데 2층에서 호타루가 내려와 곧장 화장실로 향했다.

마침 물어볼 게 떠올라 말을 거니 칫솔에 치약을 바르면서 내 쪽으로 뒤돌았다.

"있잖아, 역시 팥밥을 지으면 좋을까?"

내 말에 호타루는 이빨을 닦으면서 그건 왜 묻냐고 대답했다.

"왜냐하면, 오늘 다마키가 말이지."

호타루가 입안에 든 거품을 퉤 뱉으며 인상을 썼다.

"언제 적 얘기를 하는 거야?"

"뭐."

"딱히 숨길 이야기도 아니긴 하지만 굳이 알릴 필요도 없잖아. 당사자도 아직 혼란스러운 와중에 가족 구성원에게 축하한다는 소리까지 들으면 뛰쳐나갈지도 몰라. 거기다 생리는 성가신 데다 지긋지긋한 존재야. 축하해 준다 한들 전혀 기쁘지 않을 거야. 시대가 어느 때인데 팥밥이야. 최악이고 저질이야. 혹시 남 괴로워하는 모습 보면서 시시덕거리는 성격이야? 만약 식탁에 팥밥을 올려놓기만 해 봐. 가만 안 둘 거야."

그렇구나…….

내가 고개를 떨구자 호타루가 콧방귀를 꿰었다.

"그렇다면 내가 도와줄 일은."

"없어. 나랑 고하루 아주머니가 있잖아. 애당초 뭐 그리 큰 일이라고 호들갑은."

마지못해 고개를 끄덕이는 나를 보며 호타루가 어깨를 으

쑥거렸다.

"고하루 아주머니가 귀여운 파우치 사준다고 했어. 다마키도 신난 듯 보였으니 아마 괜찮을 거야."

……

오늘처럼 호타루의 존재가 듬직한 적이 또 있을까.

"아 배고파."

말을 마친 다음 호타루는 거실로 향했다.

"그래 밥이다. 요리를 해 주는 거야."

냐─옹. 신발장 위에 앉아 있던 기스케가 말을 건다.

"기스케도 배고팠어? 알았어, 맛있는 거 줄 테니까 조금만 기다려."

점심은 냉동해 놓은 밥을 데워 다마키가 좋아하는 볶음밥을 만들었다. 재료는 햄과 대파, 계란 세 개뿐이지만 식감이 포슬포슬해서 평판이 좋다. 식용유 대신 마요네즈로 볶는 게 나만의 비법. 아버지가 알려준 방법이다.

"나리가 만든 볶음밥은 포슬포슬한 게 쇼후쿠엔이랑 똑같아."

"맛은 다르지만 말이야."

호타루는 입안 가득 볶음밥을 집어넣으며 말했다.

"잠자코 먹기나 해. 그보다 너는 쇼후쿠엔 가본 적 없으면서."

호타루에게 말을 건네면서 슬쩍 다마키를 보는데 묵묵히 숟가락으로 밥을 떠먹고 있다.

다행이다. 먹을 기운이 있으면 안심이다.

"우리 엄마가 만든 볶음밥은 질다 못해 떡이 된다 말이지."

"맛은 어떤데?"

호타루의 물음에 노부는 잠시 생각하더니 먹을만한 편이라며 대답했다.

"그렇다면 마제고항(쌀밥에 채소, 고기, 생선 등을 잘게 썰어 볶아 먹는 요리)이라고 생각하고 먹으면 되지. 볶음밥이라서, 보슬보슬하지 않으니 불평이 생기는 거야."

"그렇구나! 생각을 바꾸면 되네."

노부가 활짝 웃었다.

참 알기 쉬운 성격이다. 뭐, 그게 노부의 장점이니까.

다마키가 '잘 먹었습니다.'라고 말하며 빈 접시를 손에 들고 일어섰다.

"오, 다마키 빨리 먹었네! 식욕도 다 돌아왔구나."

노부가 히죽히죽 웃어 댄다.

"역시 학교 땡땡이가 맞았어. 도무지 아픈 사람으로는 안 보였거든."

그 순간 다마키의 얼굴이 굳었다.

"노부!"

내가 소리치자 다마키는 접시를 식탁에 둔 채 복도 쪽으로 도망치듯 뛰어갔다. 노부는 주위를 두리번거리며 자기가 무슨 이상한 짓을 한 거냐고 물었다.

"진짜 조심 좀 하라니까."

호타루는 어째서인지 노부뿐 아니라 나도 같이 째려보며 자리에서 일어섰다.

"나중에 와서 먹을 테니까 내 거 랩으로 싸줘."

"아, 알았어."

호타루의 뒷모습을 바라보는데 노부가 내 옷을 잡아당겼다.

"혹시, 나 뭐 실수했어?"

"……."

나도 모르게 한숨을 쉬었다.

그랬다. 단순한 사람은 평소에는 무해하지만 말 한번 잘못하면 순식간에 민폐를 끼치는 존재가 된다.

노부가 딱 그 유형이다. 그 때문에 중학교를 다니면서 몇 번이나 골치 아픈 일에 휘말렸다.

가장 위험했던 기억으로 마루카와 콜라 사건이 있다.

당시 내가 2학년이고 노부가 1학년이었다. 농구부 3학년 중에 마루카와라는 선배가 있었다. 마루카와는 그야말로 쓰레기 같은 놈으로, 같은 학년의 A 선배와 1학년의 T와 사귀었다. 한 마디로 양다리를 걸치고 다녔던 놈이다. 남자들 사이에서는 알 사람은 다 알고 있었지만, 일단 3학년 선배였고 굳이 남의 연애 사정에 이러쿵저러쿵 끼어들려는 사람은 아무도 없었다.

학교를 안 가는 어느 날, 나와 노부를 포함한 친구들이 역 앞 햄버거 가게에서 시간을 때울 때, 마루카와와 A 선배가 팔짱을 낀 채 가게 안으로 들어왔다. 두 사람은 우리를 못 봤는지 바로 뒤 테이블에 나란히 앉아 이어폰을 한 쪽씩 나눠 꼈다. 그러자 노부가 일어나 '안녕하십니까.'라고 인사하며 마루카와에게 다가갔다.

이때부터 불안한 느낌이 몰려왔다. 아니나 다를까 노부는 자랑스럽게 자기도 디스트럭 라이브를 보러 갔다며 말을 걸었다.

마루카와는 처음 보는 듯한 눈빛을 지으며 미간을 찌푸렸고 옆에 앉은 A 선배는 눈이 동그래졌다.

디스트럭 노래를 듣는지 어떻게 알았냐는 마루카와의 질

문에 노부가 실실 웃으며 말했다. 참고로 디스트럭은 디스트랙션이라는 유명한 록 밴드이다.

"T가 말해줬거든요. 마루카와 선배가 디스트럭에 푹 빠져 있다고요. T가 먼저 디스트럭의 팬이 된 다음 마루카와 선배에게 알려준 거죠? T가 자랑하듯 얘기해 줬어요."

마루카와를 포함해 뒤 테이블에 앉은 우리들은 이마에서 식은땀이 났다.

"T가 누구야?"

A 선배의 목소리가 살짝 떨렸다. 1학년에 있다며 얼버무린 마루카와의 목소리가 조금씩 격앙되었다. 노부는 신난다는 듯 말을 이어갔다.

"마루카와 선배가 T에게 고백했죠? 제가 T랑 같은 반인데요. 아무한테도 말하지 말라면서 알려줬어요."

이 새끼가! 마루카와가 벌떡 일어났다.

그 순간 마루카와의 휴대폰이 진동하면서 바닥으로 떨어졌다. 마루카와가 휴대폰에 정신이 팔린 사이 A 선배가 컵에 든 음료를 마루카와의 얼굴에 뿌리고 밖으로 나갔다.

우리는 마루카와가 얼이 빠진 틈을 타 노부를 데리고 나갔다.

나중에 선배한테 얻어터질 거라며 겁먹으면서도 노부를

향해 대체 왜 그딴 말을 한 거냐며 추궁했다. 하지만 당사자는 끝끝내 자기가 무슨 잘못을 저질렀는지 이해하지 못한 것 같았다.

이런 유형이 끝이 가장 안 좋다.

콜라 사건 이후, 나는 여차할 때를 대비해 불량배가 나오는 만화를 여러 권 읽으면서 이미지 트레이닝을 했다. 하지만 그 이후 마루카와가 보복하러 오는 날은 없었다. 정말 평화로운 시대에 중학생으로 살아서 다행이라며 안심한 기억이 있다.

노부가 천장을 올려다보며 일어섰다.

"역시 사과하러 가야겠어."

"가지 마."

내 말에 노부는 말끝을 흐리며 다마키가 놓고 간 접시를 봤다.

"따라가는 건 그렇다 쳐. 다마키한테 무슨 사과를 하려고 그러는데?"

"이유는 모르겠지만 나 때문에 기분 상한 것 같아서."

거봐 그 부분이 잘못된 거라고.

"잘 들어. 상대방을 화나게 했다고 이유도 모르고 무작정 사과하는 건 역효과를 불러일으킨다니까."

"그런 거야?"

그래. 머리가 지끈거려서 이야기를 잠시 멈췄다.

"우선 앞뒤 가리지 않고 내뱉는 버릇 좀 고쳐."

"왜? 말할 때마다 생각하고 해야 해? 나리는 매번 그렇게 하는 거야? 번거롭지 않아? 나는 그렇게 못해."

……. 잠시 내가 이상한 건가 싶었다.

입 밖으로 꺼내기 전, 한번 생각하고 말하는 게 지극히 당연하지 않은가. 머릿속으로 떠오른 모든 생각을 말한다면 세상은 온통 혼란스러울 것이다.

침묵은 금, 모르는 게 약, 입은 만악의 근원.

옛사람 말 틀린 거 하나 없다.

나는 호타루가 남기고 간 그릇을 랩으로 싸두고, 먹고 난 그릇을 싱크대로 가져다 놓았다.

3 사라진 게 나 때문이라고?

11월로 접어들자마자 계절이 바뀐 것처럼 날이 쌀쌀해졌다. 퍼뜩 잠에서 깨 시간을 확인해 보니 이미 자정이 지났다. 책상 위는 숙제하다 말고 펼쳐 놓은 그대로였다.

으악, 깜빡 잠들었다.

뺨을 찰싹찰싹 때리며 펜을 쥐었지만 정신을 차려보면 어느새 또 꾸벅꾸벅 졸고 있다. 오늘 같은 날은 포기하고 자는 게 최고다. 하지만 제출 기한을 벌써 이틀이나 넘긴 상태라서 더 이상 미루기가 어렵다.

잠이라도 깨 보려고 커피를 마시러 주방으로 향하는데 불 꺼진 거실에서 '에취!' 하며 시원한 재채기 소리가 들렸다.

"으악."

반사적으로 소리를 질렀는데 무언가 움직였다.

"아, 추워."

호타루냐…….

거실 불을 켜니 호타루가 소파 위에서 몸을 뒤척였다.

"방에 가서 자."

호타루는 난로 전원 버튼을 누르고 내 쪽으로 얼굴을 내밀며 말했다.

"따뜻한 우유 마시고 싶어."

나는 '낯짝도 두껍다.'라고 말하면서 머그잔 두 잔을 꺼내 한쪽에 우유와 사탕을 넣고 전자레인지에 돌렸다.

머그잔을 들고 가 마시라며 건네자, 호타루는 바닥으로 스르륵 내려와 소파를 등받이 삼아 앉았다.

어디서 본 듯한 생쥐 캐릭터가 새겨진 후드티에 초록색 반바지 차림의 운동복. 저 운동복은 중학생 때 입던 체육복이라 했던가.

여전히 눈 뜨고는 보기 힘든 패션이다.

호타루는 고맙다고 말하며 머그잔을 받자마자 한 모금 마신다. 소파 테이블 위에 DVD 케이스가 하나 놓여 있다.

"또 공포 영화야?"

고개를 끄덕이며 우유를 한 모금 더 마셨다.

"보다가 잠들었어."

"공포 영화를 보면서 자다니 엄청난데. 연구 대상감이야."

내가 실실대자 호타루는 같이 보겠냐며 리모컨 버튼을 눌렀다. 텔레비전 화면이 팍 켜지면서 <모조품의 희생양>이라는 영화 제목이 떴다. 제목에서 B급 공포영화의 느낌이 물씬 난다.

"이 영화를 안 졸고 끝까지 봐야 한다면 그것이야말로 공포일 거야."

호타루는 따분하다는 듯 크게 하품했지만, 나는 영화를 본 지 10분 만에 후회했다.

예상보다 훨씬 무서운데. 무서운 건 그렇다 쳐도, 옆에 앉은 호타루가 '우선 이 사람 먼저 죽을 거야.' '아, 사망 플래그 떴다.'라며 쉴 새 없이 입을 나불댄다.

이런 유형이랑 영화를 같이 보면 재미가 반감된다.

"그런데 왜 공포 영화만 보는 거야?"

무서움을 달래기 위해 묻자 호타루는 '자발적 연습'의 일환이라고 대답했다.

공포 영화가 자발적 연습이라고? 어떤 이유로?

"혹시 영화를 찍고 싶은 거야?"

"아니. 공포 영화는 관심 없어."

"그렇게나 많이 봐 놓고?"

호타루가 나를 슬쩍 쳐다봤다.

"정신력을 단련하기 위해서야."

"공포 영화로?"

호타루는 고개를 끄덕인 후 머그잔을 어루만지면서 텔레비전으로 시선을 옮겼다. 화면 안에는 좀비 같은 형상의 기분

나쁜 무언가가 침대 밑에서 기어 나오려 한다.

"나 말이야. 내 나이치고 꽤 가혹한 생활을 해 왔어. 그럴 때마다 무너지고, 앞으로 좋은 날은 오지 않을 것 같은 생각이 들었어. 힘든 상황을 마주할 때면 누구 하나 믿기 어렵고, 의지할 사람도 없는 데다, 구렁텅이에 발이 푹푹 빠지는 것 같은 기분이 들면서 아무것도 못 하게 돼."

"……."

"내가 우울할 때 아빠가 같이 보자면서 갖고 왔어. 처음에 본 영화는 <사이코>였을 거야. 엄청 무서웠어."

호타루는 그리움에 젖은 듯 웃었다.

"아버지가 공포 영화를 좋아하는 줄 몰랐어."

"그래? 그럼, 나는 특별히 아끼셨나 봐."

호타루는 고개를 들어 득의양양한 표정을 지었다.

"그런데 울적한 아이를 달래려는 방법이 공포 영화라니, 이해가 잘 안 가는데."

"그래? 나리였다면 어떤 영화를 고를 건데?"

"갑자기 질문하니, 당장 떠오르는 게 없지만. 아, 성공담 같은 거 좋아해. 인생이 나락으로 떨어졌다가 다시 올라서는 이야기."

"내 삶이 밑바닥인데 남의 성공담을 보고 싶을 것 같아?"

"아니면 코미디나."

"웃을 힘도 없어."

"정 그렇다면 가족 이야기나 휴먼 드라마 같은 건 어때."

호타루가 눈살을 찌푸리며 입을 열었다.

"훈훈한 장면을 보면서 감동하는 사람은 어느 정도 행복한 사람들이야. 신뢰할 만한 사람이 있고, 위기에 몰렸을 때는 누군가 도와주면서, 주위 사람들에게 귀여움 받거나 사랑받는. 주인공 같은 사람을 보면서 용기나 희망을 품을 것 같아? 그럴 리 없잖아. 적대감만 커질 뿐이야."

"……."

"반면에 공포 영화는 무서운 장면의 연속이고, 불합리한 데다, 절망감마저 들 때가 있어. 그에 비하면 현실이 좀 더 낫다며 스스로를 다독이게 돼. 무섭거나 피하고 싶은 상황을 대비해 면역력을 높이는 데도 도움이 된다고 봐."

화면 속에서 도망치려고 발버둥 치는 커플을 보며 말했다.

"덕분에 무서운 상황에 대한 면역력이 꽤 생겼어."

나는 미지근해진 커피를 한 모금 마시고, 이야기하느라 흐름을 놓친 영화를 한동안 바라봤다.

"알바는 할 만해?"

호타루가 무슨 뜬금없는 소리냐며 쓴웃음을 지었다.

"가게는 재미…… 있어. 생각보다."

다행이라고 답하자, 호타루는 짧게 고개를 끄덕이고 무릎을 껴안은 자세를 풀어 다리를 앞으로 쭉 뻗었다. 다리가 늘씬하다고 속으로 생각하다가 소스라치게 놀라며 화면으로 시선을 옮겼다.

동생 다리를 넋 놓고 쳐다보면 어쩌자는 거야.

"어제 말이야."

"무, 무슨 일인데!"

호타루는 엉겁결에 소리치는 나를 의아하게 본 뒤 다시 화면으로 시선을 돌리며 말했다.

"고맙다는 말 들었어."

"뭐?"

"어떤 손님이. 고맙다고 말했어. 왠지 모르게 기뻤어."

"겨우 그 한마디에?"

"나도 누군가에게 도움을 줄 수 있는 존재구나 해서."

진지하게 말하는 호타루 모습이 어색해서 웃음으로 얼버무리자 주먹이 날라왔다.

"아프잖아."

"웃지 마."

좀 더 놀릴까 싶었지만, 슬쩍 옆모습을 보니 귀까지 새빨개

져 있길래 그만뒀다.

"집에서 맡은 일도 좀 하고."

"신문 챙기고 쓰레기 내놓아도 알바비는 안 나오잖아."

"당연하지, 이건 일이 아니라 가족끼리 정한 규칙이니까."

"가족."

호타루가 나직이 읊조렸다. 나는 못 들은 척 손가락으로 가위질하면서 자연스럽게 화제를 돌렸다.

"그나저나 꽤 적성에 맞는 것 같은데?"

"뭐가?"

나를 보는 호타루의 시선을 느끼며 '미용사'라고 답하자 기침 소리와 함께 머그잔을 바닥 위로 내려놓았다.

"분명 고하루 고모도."

"아니야!"

돌연 호타루의 목소리가 날카로워졌다.

"적성은 무슨."

"그렇지만 방금 재미있다고."

"말한 적 없어."

아니, 네 입으로 직접 말했으면서.

"그러면 왜 고모 가게 일을 돕는 건데."

내 말에 호타루가 째려본다.

"돈."

"뭐?"

"시급을 넉넉히 챙겨 주기로 했으니까. 그뿐이야."

호타루는 벌떡 일어나 거실 밖을 성큼성큼 걸어 나갔다.

갑작스레 부는 강풍에 나무들이 좌우로 흔들리고 창문이 덜거덕댔다.

기껏 칭찬해 줬더니 뭐야 저 반응은.

리모컨 버튼을 눌러 DVD를 껐다.

그게 그렇게 화낼 일인가? 나는 단순히 가게 일은 어떠냐고 물었고 호타루는 그 질문에 '재미있다.'고 대답했고, 고맙다는 말을 들어서 기뻤다는 말까지 하고 그리고.

—적성에 맞는 것 같은데? 미용사.

그 말을 하자마자 태도가 돌변했다.

대체 왜? 기스케갸 냐옹하고 울면서 내 무릎에 머리를 박는다.

"무슨 일이야, 배고픈 거니?"

기스케의 턱 밑을 쓰다듬어주자, 기분이 좋은지 눈을 가늘게 뜨면서 가르릉 소리를 냈다.

다음 날 아침, 호타루는 일곱 시 반이 지나도록 일어나지 않았다.

"잘 먹었습니다."

가나데는 계란 노른자가 입가에 묻은 채 다 먹은 그릇을 싱크대에 가져다 놓았다.

"호타루는 아직 자는 걸까."

고하루 고모가 거실에서 다마키의 머리를 묶으며 말을 걸자, 다마키가 시계를 들여다봤다.

"어허, 움직이지 말랬지."

고모가 다마키의 몸을 똑바로 곧추세웠다.

"알바한 지 2개월 정도 되니까 일이 익숙해지면서 풀어지는 시기인가 봐."

고모는 다 묶었다고 말하며 다마키의 어깨를 가볍게 두드리고는 호타루를 깨워달라고 부탁했다. 거울에 비친 모습에 만족한 다마키가 알겠다고 대답한 후 흥얼거리며 거실 밖을 나섰다. 동시에 화단에 물을 주고 온 도모에가 집 안으로 들어왔다.

"호타루 언니라면 조금 전에 나갔어."

뭐? 고모는 잠시 말을 더듬거리더니 나를 쳐다봤다. 뒤이어 2층에서 다마키가 호타루 언니가 안 보인다며 말하는 목소리가 들렸다.

목발로 몸을 일으키려는 고모를 다시 앉히고 2층으로 올라가자, 다마키가 호타루 방 앞에 서서 직접 보란 듯이 방 안을 가리켰다.

텅 빈 방 한가운데 깔아놓은 이불은 그대로였고, 붙박이장의 미닫이문은 열려 있다. 아랫단에 놓은 슈트케이스도 열어놓은 상태이다.

아예 나간 건 아니구나.

안심하는 스스로의 반응에 놀라며 방 안으로 들어갔다. 혹시 메모라도 남겨두었나 싶어 찾아봤지만, 그런 것은 보이지 않았다.

"거봐, 언니 없지?"

"응. 뭐 저녁에는 돌아오겠지."

가볍게 대답한 후 다마키에게 잘못하다가는 지각하겠다고 말하자, 서둘러 책가방을 챙기러 뛰어갔다.

셋 다 등교시키고 거실로 돌아오니 고모는 목발을 짚으면서 반대 손으로는 능숙하게 휴대폰 화면을 움직이고 있다.

식탁 위에 덩그러니 남은 호타루의 아침 식사를 랩으로 싸서 냉장고에 집어넣었다.

"나리도 얼른 준비해. 빨리 안 가면 지각하겠어."

"오늘 토요일이야. 학교 안 가는 날."

고모는 몰랐다는 듯 고개를 끄덕이고는 의자에 앉아 '호타루에게' 연락이 왔다며 휴대폰을 보여 주었다.

—볼일이 있어서 오늘 반차 내겠습니다.

"호타루가 이렇게 보냈다고?"

"응. 왜 아니라고 생각하는데?"

왜라니, 누가 봐도 16살짜리 여자애가 쓴 문장이 아니니까. 반차는 반나절 휴가를 일컫는데, 보통 고등학생이 이런 단어를 쓸까? 나는 지금껏 단 한 번도 쓴 적이 없다.

"너무 수상해."

고모가 쓴웃음을 지었다.

"가끔 당찬 구석이 있단 말이지."

당차다기보다는 너무 회사원 말투다. 이모티콘이나 줄임말을 남발하는 건 별로 안 좋게 보지만, 볼일이나 반차 같은 용어를 사용하는 사람은 반대로 그 꿍꿍이를 알 수 없다.

'일이 생겨서 가게는 오후에 나가겠습니다.'

이런 식으로 쓰면 훨씬 더 알기 쉬울 텐데. 아니 그보다.

"가게는? 그 녀석 없이 괜찮겠어?"

이동식 시술 의자가 있으니 일하는 데 문제는 없지만, 목발을 짚으면서 청소하거나, 미용 도구를 준비하기에는……. 그 모습을 지켜보는 손님마저 불편한 기분이 들게 할 것이다.

"다행히 오늘 예약은 오후부터. 그전에는 돌아오겠지."

고모는 걱정 없다는 듯 말했지만, 그전까지 반드시 돌아온다는 보장도 없다. 대체 호타루에게 무슨 일이 생긴 걸까?

어젯밤 호타루는 돌연 기분이 상하더니……. 만약 그 때문이라면 내 책임도 있다. 아마도.

"학교 안 가니까 내가 도와줄게."

"나리가?"

"청소나 보조하는 것 정도라면 나도 할 수 있어."

고모가 코웃음 치며 말했다.

"어시스턴트 일을 너무 가볍게 보는 거 아니야?"

어? 예상과 다른 반응에 눈을 깜빡였다.

"하지만 호타루도 하는."

"그 아이는 이틀 동안 준비 기간도 있었어, 게다가."

게다가? 다음 말을 기다렸지만, 고모는 같은 말을 되풀이하다 결국 센스가 있다는 말로 얼버무렸다.

"어쨌든 나리가 그 아이와 같은 수준으로 일할 수 있겠다고 생각하면 안 돼."

치. 뭐야…….

그렇게까지 말하니 오히려 오기가 생긴다.

"이거 봐 여기. 처음부터 다시."

고하루 고모는 몸을 비스듬히 기울여서 거울의 한 지점을 가리켰다.

호타루 대타로 일하는 것 정도야 누워서 떡 먹기라고 생각했지만 보기보다 어려웠다. 가게 일을 도운 지 30분밖에 안 지났는데 벌써 후회 중이다.

"다시 할 곳이 어디라고?"

"여기. 안 보여?"

조금 전 닦은 거울에 얼굴을 가까이 갖다 대자 오른쪽 아래 끝부분에 아주 미세한 자국이 남아 있었다.

"겨우 요만한 걸레 자국 때문에 그런 거야?"

"깨끗이 닦아."

깨끗이 닦았다니까. 얼룩도 아닌데 뭘 자꾸 닦으라 그러는지. 애초에 구석까지 보는 손님도 없는데 말이다.

"잠자코 다시 닦아. 그 외에도 해야 할 일이 한가득 남았어."

가위를 점검하는 고모의 뒷모습에 혀를 삐쭉 내밀었다.

마른 수건으로 거울을 쓱 문지른 다음 의자, 책장, 창문과 창문틀, 입구 문을 닦고 세면대 주위에 구비해 놓은 샴푸와 트리트먼트의 용량을 확인한다.

고모 말대로 할 일이 많았지만 매일 청소하다 보니 이미 다 깨끗한 상태여서 예상보다 시간이 덜 걸렸다.

"다 했어."

고모는 노트북에서 고개를 들어 수고했다고 말했다.

"벌써 11시가 됐네, 조금 쉴까. 차 좀 끓여 와 줄래?"

알겠다고 답하고 카운터 옆 스윙 도어를 밀어 계단으로 올라갔다. 2층은 평소 고모가 생활하는 공간이다.

난로 위에 주전자를 올린 다음, 차통을 집어 안을 살펴보니 예상대로 현미차가 들어 있었다. 고모가 커피는 잘 마시지만, 녹차의 떫은맛은 질색한다.

커다란 머그잔에 차를 붓는데 밑에서 전화벨 소리가 울렸다. 손에 머그잔을 들고 계단을 내려가니 노트북을 보고 있던 고모가 고개를 들었다.

"누가 전화한 거야?"

"11시 예약 손님. 사정이 있어 취소하겠대."

고개를 끄덕이며 머그잔을 건넨다.

"고마워, 잘 마실게."

고모는 컵을 건네받고 미니 오디오를 켰다.

빌 에번스다.

고요하게 흐르는 피아노 선율에 베이스와 드럼 소리가 조화를 이루면서 말로 표현하기 힘든 아늑함이 온몸에 퍼진다.

빌 에번스는 예전부터 고모가 좋아한 피아니스트로, 집에 놀러 가면 항상 그의 음악이 방 안을 가득 채웠다.

음악을 들으면서 차를 홀짝였다. 멍하니 밖을 보는데 고모가 들릴 듯 말 듯 한 소리로 말했다.

"응?"

내가 의자 등받이에서 몸을 일으키자, 고모는 머그잔을 식탁 위에 내려놓고 거울 앞 시술 의자로 이동했다.

"머리 잘라 줄게."

"괜찮아."

"꽤 자랐는걸. 시간 있으니까 해 줄게. 저기 눈앞에 천 좀 가져올래?"

괜찮다고 했는데…….

언젠가 고모가 머리를 잘라 주었는데 엉망진창이었던 기억이 있다. '나리는 이 스타일이 어울린다니까!'라는 말을 귀에 못이 박히도록 들어서 하루는 고모 말대로 스타일을 바꿨더니, 그 모습을 본 동생들이 놀려댔다.

머리 스타일이 안 어울리는 것만큼 슬픈 일도 없다.

"다듬기만 해 줘."

마지못해 의자에 앉는다. 고모는 알겠다며 대답하고 내 몸에 천을 획 둘렀다.

"나리는 앞머리가 조금 짧은 게 더 멋져."

앞머리를 만지려는 고모의 손짓에 고개를 흔들었다.

"지금 이대로가 좋아."

"재미없게. 가끔은 모험해 봐도 좋을 텐데."

고모가 머리에 분무기를 뿌렸다.

싹둑 싹둑 싹둑. 리듬감 있는 가위질 소리가 귓가에 들린다. 살며시 눈을 감으며 머리 너머로 '호타루 말이야.'라고 말을 걸었다. 거울에 비친 고모와 눈이 마주쳤다.

고모가 내 목에 두른 천을 풀며 머리카락을 떨어뜨렸다. 내가 자리에서 일어서려던 순간 고모가 어깨 위로 손을 올리면서 앉아있게 했다.

"호타루는 왜?"

"응. 호타루 어머니 말인데."

그러고 보니 호타루의 어머니에 대해 들은 적이 없다. 신경 쓰이지 않았다면 거짓말이겠지만 스스로 말하지 않길래 굳이 캐묻지 않았다.

누구나 저마다 말할 수 없는 비밀, 말하기 힘든 사정이 있는 법이다. 일의 경중은 별개로 치더라도 말이다.

나도 그렇고······.

어머니가 입원하고 돌아가실 때까지 주위 어른들은 매번 우리 가족의 안부를 물었다. 다마키와 도모에의 반 친구 학부모들이 유난히 그랬다. 아마 걱정하는 마음이 컸기 때문일 것이다. 고의나 호기심으로 말을 거는 사람들만 있는 건 아니었다. 머리로 이해하지만, 나로서는 불쾌할 뿐이었다. 특히 동생들의 마음을 배려하지 않고 대뜸 물어보는 학부모들은…….

"나리한테는 이야기해야 할 것 같아. 내가 왜 호타루한테 어시스턴트를 부탁하는지 알아?"

거울 너머로 고모가 말했다.

"한가해 보여서 아니야?"

고모는 그 점도 있었다고 말하며 귀 뒤로 머리카락을 넘기면서 지긋이 나를 바라봤다.

"호타루 어머니, 미용사야."

미용사. 그렇구나.

"그 아이는 틀림없이 가까이에서 어머니가 한 일을 지켜봤을 거야. 거울 닦는 방법도 잘 알고 있었고, 청소하는 타이밍도 완벽했어."

"청소에 타이밍이란 게 있어?"

"물론이지. 바닥에 떨어진 머리카락은 곧장 치우면 안 돼. 커트한 머리는 잠깐이지만 손님이 볼 시간이거든. 치우기 가

장 좋은 타이밍은 샴푸대로 이동한 다음이야. 게다가 호타루
는 이러니저러니 해도 손님맞이도 잘해. 최근에도 친절하다
면서 손님에게 칭찬받았어."

"나한테도 손님에게 고맙다는 말 들었다고 했어."

고모가 부듯한 듯 미소를 지었다. 그런데 문득 어떤 의문이
머릿속을 스쳐 지나갔다.

"잠깐만, 고모가 어떻게 호타루 어머니를 아는 거지? 설마
아버지가 바람피운 사실도 알고 있던 거."

'아니야.'라며 내 말을 끊은 고모는 깊은숨을 들이쉰 뒤 이
어 말했다.

"요리코 씨. 그러니까 호타루의 어머니와 나는 직장 동료
이자 라이벌로 친구였어."

고모는 둘의 관계에 대해 이야기했다.

고하루 고모는 미용학원을 졸업하고 취업한 대형 프랜차
이즈 미용실에서 호타루의 어머니, 후카자와 요리코 씨를 만
났다고 했다.

요리코 씨는 고하루 고모보다 두 살 더 나이가 많았지만 같
은 해 입사한 동기여서 가게 영업을 마친 후에도 둘이 자주
연습했다고.

"쉬는 날은 같이 거리를 걸으며 헤어스타일이나 패션, 메이크업 연구도 했어."

고모는 옛 추억에 잠긴 듯 말했다. 그땐 시술 연습을 위해 지인에게 커트 모델을 부탁했다고 한다.

"오빠는 물론이고 오빠 친구들에게도 시술 대상이나 커트 모델을 해 달라고 부탁했어."

"그러면 고모가 아버지와 호타루 어머니를 이어준 거야?"

가슴이 철렁 내려앉으며 목소리를 높이자, 고모는 그렇게 되었다며 태연하게 고개를 끄덕이고는 말을 이어갔다.

어시스턴트일 때는 주로 자질구레한 일들과 스타일리스트를 보조하는 일을 담당한다. 당연히 가위는 손도 못 대게 한다. 월급은 쥐꼬리만큼 적은 데다, 선배라는 사람은 엄격하지, 장시간 서 있다 보니 다리는 퉁퉁 부어오르고 손도 부르트지. 같이 입사한 동기들은 하나둘 그만뒀지만, 고모는 단 한 번도 포기할 생각이 없었다고 했다.

"요리코 씨랑 둘 중에 누가 먼저 스타일리스트가 될지 경쟁했어. 먼저 스타일리스트가 된 사람이 야키니쿠를 한턱내기로 약속했지."

즐거운 추억이었나 보다. 고모의 표정이 점차 부드러워진다.

"우리 둘의 실력은 비슷비슷했어. 하지만 먼저 스타일리스트가 된 것은 요리코 씨였어. 아쉽지 않았다면 거짓말이겠지. 나도 빨리 가위를 손에 쥐고 싶었고, 월급도 좀 더 받고 싶었으니까. 그렇지만, 요리코 씨가 먼저 뽑힌 건 당연했다고 봐."

"나이가 많아서?"

내 말에 고모는 피식 웃으며 고개를 저었다.

"요리코 씨는 손님 대하는 자세가 남달랐어. 화젯거리가 풍부한 점도 있었지만, 그보다 손님 한 분 한 분 정성을 다하는 게 눈에 보였어. 당신은 특별한 손님이라고 느끼도록 열과 성을 다해 대하는 거지. 손님을 그렇게나 각별히 생각한다는 점이 경이로울 정도였어."

고모도 방금 말한 방식으로 가게를 운영하는 것 같은데.

"실력은 공부하고 경험을 쌓으면 되지만 손님의 마음을 사로잡는 방법은 가르쳐 준다 한들 쉽게 할 수 있는 게 아니야. 하지만."

고모는 잠시 말을 멈췄다가 결심한 듯 천천히 입을 열었다.

"요리코 씨는 스타일리스트가 된 지 얼마 안 돼 가게를 그만뒀어."

요리코 씨가 우편으로 사직서를 보내는 바람에 가게에서 약간의 소동이 일어났다고 한다. 고모는 그날 퇴근하자마자 요리코 씨 집에 찾아갔지만 이미 이사한 후였다.

"서운하다든가 슬프다는 감정보다 먼저 화가 났어. 왜냐하면 요리코 씨를 신뢰했고, 친구이자 라이벌이라고 생각했거든. 그런데 아무런 말도 없이 사라지다니, 대체 왜."

요리코 씨를 다시 만난 건 그로부터 약 1년 후였다고 한다.

고모가 웨딩 일 관계로 신사로 출장 간 날, 그곳에서 요리코 씨와 아버지를 우연히 만났다고.

빌 에번스의 피아노 연주가 어딘가 구슬프게, 고요하지만 매섭게, 무언가 묻고 싶은 게 있다는 듯 가라앉다가 튀어 오른다.

"그날 눈앞에서 요리코 씨를 봤지만, 아무 말도 못 했어. 물론 일하는 중이었고 기츠케시(기모노를 올바르게 장착하도록 도와주는 자격증을 가진 전문가) 선생님이 옆에 계셨기 때문이기도 했지만……."

고모는 그렇게 말하면서 살짝 고개를 갸웃거렸다.

"사실 머릿속이 하얗게 텅 비어서 무슨 말을 꺼내야 할지 몰랐어. 나는 요리코 씨가 출산한 사실도 몰랐던 데다 또 오빠가 옆에 서 있다 보니, 이야기가 어떻게 흘러가는 건지 도무지 알 수 없었어."

고모의 반응은 지극히 정상적이지 않았을까? 사람은 너무 놀라면 말문이 막히고 마니까. 감정이 얼어붙어서 눈앞의 상황에 머릿속이 백지상처럼 새하얗게 변하고 만다. 아버지가 사라졌을 때의 내가 그랬다. 그날 수업을 마치고 집에 도착하니 책상 위에 메모지 한 장이 놓여 있었다.

—당분간 자리를 비운다. 돈은 걱정하지 않아도 돼. 동생들을 부탁한다. 아버지가.

나는 한동안 메모지를 바라보다가 '왜?'라고 말하며 말문을 열었다. 그와 동시에 머릿속에서 끊임없이 질문이 쏟아져 나왔다.

어째서? 언제 돌아올 건데? 어디 가는 건데? 대체 왜?

분노인지 불안인지 모를 초조함이 마음속 깊은 곳에서 끓어오르면서 아버지를 찾으러 온 동네를 샅샅이 뒤졌다. 며칠째 아무 수확도 없는 나날이 지난 후, 고하루 고모가 집안일을 알려주기 위해 우리 집으로 왔다. 그러자 그전까지 흐리멍덩하게 지내던 눈동자에 초점이 돌아왔다.

우리 집을 지키는 건 나밖에 없어. 내가 지켜내야 해.

문득 떠오른 옛 생각에 한숨이 새어 나왔다.

"호타루가 처음 온 날 보여준 사진 말이야."

"신사에 갔을 때 사진 말이지?"

내가 고개를 끄덕이자, 고모는 자조 섞인 미소를 지었다.

"사실은 그곳에 나도 있었어."

"……. 요리코 씨와 만난 다음에는 어떻게 됐어? 아버지는 뭐라고 했고?"

"오빠랑은 나중에 따로 이야기했어. 엄청 화냈지. 하지만 요리코 씨는 그날 이후로 못 봤어."

말을 마친 고모는 내 얼굴을 똑바로 바라봤다.

"오빠는 호타루의 아빠가 아니야."

…….

아버지는 호타루의 아빠가 아니다.

"그렇다면 우리와 호타루는."

"혈연관계가 아니야."

…….

아, 그런가. 그랬구나. 아버지는 우릴 배신한 게 아니었어. 뭐야. 좋은 소식이잖아. 가슴이 후련하고 안심되면서 만세 삼창이라도 하고 싶은 기분이다.

그런데 어째서일까? 마음속에서 아쉬운 기분이 드는 이유는.

문득 고개를 들자 거울 속에 호타루의 모습이 비쳤다.

소스라치듯 놀라며 으악 하고 외마디 비명을 질렀다.

공포 영화 같은 데서 흔히 나오는 상황이지만 실제로 겪으니 무서웠다.

"호타루…… 어서 오렴."

고모도 깜짝 놀란 나머지 말문이 막혔지만, 다시 가다듬은 후 평소대로 말을 걸었다. 저 침착한 반응이 오히려 무서울 정도다.

그보다 호타루는 이미 알고 접근한 걸까? 혹시 일부러 우리를 속이려 한 것 아닐까? 쉽게 속아 넘어가는 우리를 보며 실컷 비웃기 위해서?

그럴 리 없다.

호타루는 무책임하고 제멋대로인 데다 뻔뻔하지만 남을 속일만한 성격은 아니다.

…….

정말 그럴까? 안 속인다고 단언할 수 있을까? 처음 만났을 때 호타루는 물건을 훔쳤었다. 아니, 그때는 분명 어떤 사정이. 사정이 있는지 없는지 알 게 뭐야. 대체 내가 왜 그 녀석을 옹호하는 거야.

팔걸이에 걸친 손에 힘이 꽉 들어갔다.

말을 걸려고 일어섰지만 호타루는 나를 무시한 채 고무 빗자루를 꺼내 바닥을 청소했다. 방금 고모가 잘라 준 내 머리카락이다.

손잡이 부분을 잡자, 호타루가 몸부림치며 뿌리쳤다.

고모가 나를 부르면서 천천히 고개를 저었다.

가만히 내버려두라고? 그럴 거면 고모는 내게 왜 말한 거야. 호타루가 아버지 딸이 아니라는 사실을. 내 동생이 아니라는 사실을 말이다.

"방금 얘기 말인데."

내가 입을 열자, 호타루가 빗자루질을 멈췄다.

"우리 아빠 맞아."

호타루는 나를 한 번 쏘아보고는 안으로 들어갔다.

"나리, 그만해. 호타루가 왔으니까 가게 일은 안 도와줘도 돼. 고마워."

4 얽매이지 않아도 돼

가게 밖으로 나오니 하늘 저편에서 천둥소리가 들렸다. 동쪽 하늘 방면으로 먹구름이 퍼지기 시작한 데다 바람이 거세다. 역에 도착해서 뒷주머니에 손을 집어넣은 순간 경악했다. 지갑이 없었다. 집까지 걸어가기 위해 대로변으로 나오자, 머리 위로 빗방울이 떨어졌다.

일기예보에 저녁부터 비가 내린다고 했는데.

잠시 하늘을 올려다보다 앞으로 달렸다.

집에 도착하기까지 5분 남은 시점에서 후드득후드득 내리던 빗줄기가 갑자기 거세졌다.

순간 눈앞이 새하얗게 번쩍였다. 그 직후 하늘을 찢을 듯한 굉음에 나도 모르게 몸을 움츠리며 멈춰 섰다.

굵은 빗줄기가 몸을 세차게 때리고 도랑에 흐르는 물이 부연 탁류로 변하는 모습을 보자 두려운 감정마저 들었다.

또다시 하늘이 번쩍이고 마치 큰 나무가 반으로 갈라지는 듯한 천둥소리가 몇 초나 이어졌다. 가까운 곳에 벼락이 떨어진 것 같다고 생각하면서 다시 뛰었다.

숨을 가쁘게 내쉬며 현관 앞에서 주머니를 뒤적이는데, 빗소리에 섞여 '저기요.' 하는 목소리가 들렸다.

기겁하며 뒤돌자 얇은 코트를 입은 남자가 비닐우산을 쓰고 서 있었다. 처음 보는 얼굴이다. 나이는 40대 혹은 50대. 정도의 차이는 있지만 아저씨인 것은 분명하다.

"다카히라, 다카히라 나리 씨 맞으세요?"

대답할지 말지 망설이다가 말없이 고개를 끄덕였다.

남자는 우산 손잡이를 턱으로 받치며 안주머니에 손을 집어넣었다.

하늘이 새하얗게 번쩍이고 뒤이어 천둥이 쳤다.

흠칫 놀라 물러서자 남자가 손을 내밀었다.

"제 이름은 노기입니다."

명함…….

나는 말없이 비에 젖은 그것을 받아 들었다.

<노기 법률사무소 변호사 노기 오사무>

"변호사?"

"노기입니다."

남자는 재차 이름을 언급하면서 살짝 고개를 끄덕였다.

"변호사가 여긴 무슨 일로."

"다카히라 유노스케 님으로부터 후카자와 님에 관한 상담

요청이 있었습니다.”

　유노스케라니. 아버지가 변호사한테? 후카자와라면 호타루를 말하는 건가.

　“오늘 호타루 님을 만났지만 필요 없다고 거절해서 말이지요. 그럴 경우 장남인 나리 님에게 이야기를 전해달라는 부탁을 받아서, 사전 연락 없이 이곳에서 기다리고 있었습니다.”

　눈앞에 노기라는 변호사는 나름 정중하게 하나하나 설명해 주었다. 하지만 이건 아니다.

　“지금 무슨 말을 하시는 건지 이해가 안 가서.”

　“시간을 내주신다면 천천히 말씀드리겠습니다. 민감한 문제라서 말이지요.”

　춥다. 몸이 벌벌 떨려왔다.

　“이런. 감기 걸리겠습니다.”

　노기 씨는 우산을 다른 손으로 바꿔 잡고 휴대폰으로 검색하더니 내 쪽으로 화면을 내밀었다.

　“버스가 지나는 대로변의 패밀리 레스토랑에서 기다리겠습니다.”

　가볍게 고개를 숙이더니 내 대답은 듣지도 않고 문밖을 나갔다.

　변호사. 아버지가 상담 의뢰? 후쿠자와와 관련한 일…… 은 또 뭐야.

　—오늘 호타루 님을 만났지만.

　그랬구나. 호타루가 볼일이 있다고 한 것은 사실이었어.

　재채기를 한차례 크게 하고 주머니 안에 든 열쇠를 열쇠 구
멍에 집어넣는다. 변호사 말대로 하는 건 부아가 치밀지만, 안
가면 안 가는 대로 신경 쓰인다.

　결국 10분 뒤, 급한 대로 옷을 갈아입고 동전을 주머니에
찔러 넣은 후 밖으로 나갔다.

　가게는 매장 규모가 커서 저녁 식사 시간임에도 회사원이
나 아주머니들 모임이 곳곳에 있는 정도였다. 그중 4인용 테
이블에서 노기 씨 혼자 알록달록한 파르페를 먹고 있다.

　"안녕하세요. 오래 기다리셨습니다."

　노기 씨는 말을 걸자 '오!'하고 짧게 대답하고는 냅킨으로
입 주위를 닦았다.

　"빨리 오셨군요."

　겸연쩍은 듯 웃으며 앞좌석에 손을 뻗었다.

　직원이 내가 자리에 앉는 모습을 보고 메뉴판을 갖고 왔다.

나는 직원이 건네준 메뉴판을 보지도 않고 무한 리필 음료를 주문했다.

"제가 시간이 없어서요……. 그런데 호타루에게는 무슨 일로."

음료부터 가져와도 괜찮다는 노기 씨의 말에 커피를 뽑으러 갔다. 자리로 돌아오자 노기 씨는 물을 한 모금 마시고 천천히 입을 열었다.

"호타루 님 어머니에 관한 일입니다."

"후카자와 요리코 씨 말인가요?"

내 대답에 노기 씨의 눈썹이 꿈틀댔다.

"호타루 님이 말해 주시던가요?"

"아니요. 호타루는 자기 어머니 이야기는 안 해서."

정확하게는 나도 물어본 적…… 없지만.

"호타루 어머니는 지금 어디 계시죠? 살아 계신 건가요."

노기 씨는 자세한 이야기는 못 한다며 서두를 놓은 다음 '어머니는 현재 수감 중입니다.'라고 말했다.

수감…….

꼴깍. 침을 삼키는 소리가 났다.

겨드랑이로 식은땀이 번진다.

수감이라고 하면 교도소에 있다는 건가.

"호타루 어머니는 무슨 잘못을 하신 겁니까."

"절도입니다. 그녀는 상습 절도범이었습니다."

숨이 턱 막혔다. 절도라니, 그래서 호타루도 어머니와 같은 방법을? 아니야, 그럴 리 없어. 호타루는 상습범이 아니야. 슈퍼 시라키에서 호타루를 처음 봤을 때, 반성이나 후회, 죄를 지은 죄책감 같은 감정은 느낄 수 없었어.

나로서는 물건을 훔치는 사람의 심리도, 붙잡힌 사람의 심정도 잘 모르지만, 그 당시 호타루는 도망치거나 발뺌하기는 커녕 동요하는 기색조차 없었다. 오히려 뻔뻔한 태도와 왠지 모를 차가운 시선으로 우리를 관찰하는 듯했다.

"호타루 님은 어릴 적부터 마음고생이 많았습니다."

나는 말없이 고개를 끄덕였다. 마음고생 정도가 아니었겠지.

고하루 고모 말에 의하면 호타루의 아버지는 우리 아버지가 아니라고 했다. 아마 그 말은 사실일 것이다. 하지만……

—우리 아빠 맞아.

그때 호타루의 눈빛은 거짓말하는 것 같지 않았어.

실제로 아버지는 호타루에게 우리 집으로 가서 지내라고

한 데다 수감 중인 요리코 씨를 위해 변호사까지 의뢰했다. 아버지는 줄곧 그런 식으로 두 사람 곁에 있었던 건가. 이유는 모르겠지만.

"아버지가 뭘 부탁했나요?"

"호타루 님이 편지를 써 주길 원합니다."

"……. 어머니에게 말입니까?"

"그렇습니다. 수감자에게 가족의 지지만큼 큰 힘이 되는 것은 없으니까요. 갱생의 길을 걷는 데에 크나큰 위로가 됩니다. 그러니 나리 님도 꼭 좀."

"잠깐만요."

뭐야, 그게 대체 무슨 말이야.

"지금 무슨 말을 하는 겁니까?"

"네?"

가족의 지지, 위로?

"그러니까 호타루에게 정말 편지를 쓰게 할 생각이냐고 묻는 겁니다."

지지와 위로가 필요한 사람은 오히려 호타루다. 이제 고작 열여섯이라고. 아직 학생인데 어머니를 챙기라는 거야? 웃기지 마.

거절하겠다고 말한 뒤 커피값 400엔을 식탁 위에 올려놓고 일어섰다.

"아버지한테 전해주세요. 호타루에게 편지 쓰게 하는 일은 없을 겁니다. 그리고……. 당신을 기다리는 것도 이제 지쳤다고."

대체 왜 모르는 거야. 아무렇지 않은 얼굴을 한 것은 자칫하면 무너지기 쉽다는 사실을. 드세 보이는 것은 실은 약하기 때문이어서. 화내는 이유는 지기 싫어서, 웃는 이유는 울기 싫어서.

어느 하나라도 균형이 무너지면 더 이상 일어설 수 없다는 것을 알고 있기 때문이다.

호타루는 어머니를 돌보지 않아도 돼. 나는 아버지를 기다리지 않아도 돼. 우리는 더 이상 부모에게 얽매이지 않아도 돼.

정신을 차리고 보니 고모네 미용실 앞이었다.

"아, 비가 그쳤네."

가게를 나온 손님이 아기 띠로 가슴팍에 아기를 안고 왼손으로 서너 살쯤 되는 여자아이의 손을 잡으며 하늘을 올려다봤다.

"조심히 들어가세요."

고모의 밝은 목소리가 들렸다.

여자아이가 어머니와 잡은 손을 놓고 가게 안을 들여다보자 호타루가 밖으로 나왔다.

"언니, 안녕."

호타루도 아이 눈높이에 맞춰 웃으며 손을 흔들었다.

고모는 아이와 함께 온 손님이 길모퉁이를 돌 때까지 지켜보다가 수고했다며 호타루의 등을 톡 치고 안으로 들어갔다. 뒤이어 문을 닫으려던 호타루가 우체통 옆에 서 있는 나를 알아봤다.

내가 오른손을 살짝 들고 인사하자 조금 전까지 웃음 띤 얼굴이었던 호타루는 불쾌하다는 듯 인상을 구겼다.

"무슨 일이야?"

고모가 가게 밖으로 얼굴을 내비치며 내 쪽을 봤다.

"어머, 나리야. 밖에서 뭐 하고 있어. 어서 들어와."

안으로 들어가자 지금 한창 인기를 끄는 만화 영화 주제가가 흘러나왔다.

"뭐야 이 노래는? 만화 영화?"

"손님이 아이와 함께 방문하면 항상 이렇게 해."

호타루가 러그 위로 어질러진 장난감을 정리하면서 말했다.

"우리 가게는 예스 키즈존이자 예스 시니어존이기도 해. 누구나 마음 편히 방문하고 이용하는 게 신조라서 말이야."

고모가 자랑스럽게 말하는 모습에 호타루도 고개를 끄덕였다.

"머리 한번 자르는 데 굳이 아이나 할머니랑 같이 올 필요 없잖아."

"사람은 말이지."

고모가 살짝 미소 지었다.

"마음에 드는 옷을 입거나, 머리카락을 예쁘게 다듬는 일상의 소소한 변화만으로 자신감을 가지거나 행복을 느끼는 존재야. 어린 자녀 때문에 혹은 할머니를 혼자 둘 수 없는 이유로 나만의 행복을 포기해야 한다면 삶이 너무 따분하지 않겠어?"

그러고 보니 조금 전 손님의 표정도 무척 행복해 보였다.

"사실 동행인이랑 같이 오면 어시스턴트의 고생이 이만저만 아니지. 하지만 호타루가 아이랑 잘 놀아준 덕분에 무사히 끝냈어."

호타루가 대답 대신 묵묵히 거울을 닦는다. 말없이 그 모습을 지켜보다가 거울 너머로 호타루와 눈이 마주쳤다.

"무슨 일인데?"

거울에 비친 호타루가 입을 열었다.

"아무것도 아니야. 잘하고 있구나 하고."

"알바니까."

그야 그렇지만.

호타루는 다시 거울로 시선을 옮겨 정면과 좌우를 확인하다가 그래서 할 말이 뭐냐며 재차 물었다.

"노기라는 사람을 만났어."

내 입으로 꺼낸 말이지만 순간 긴장했다. 변호사를 만난 사실을 말할지 말지 망설였기 때문이다. 설령 말한다 한들 어떤 식으로 전달해야 할지, 머릿속이 뒤죽박죽인 채 가게까지 왔다. 그렇다고 이렇게 엉망진창으로 말할 줄이야. 스스로 생각해도 어처구니없다.

호타루는 무슨 말을 하는 거냐며 인상을 찌푸렸다.

"왜 그러는 거야? 노기라는 사람은 또 누구이고?"

고모는 나와 호타루를 번갈아 보며 말했다.

"엄마 변호사예요."

짧게 대답한 호타루는 깊은 한숨을 내쉬며 미용 의자에 털썩 앉았다.

고모는 영문을 모르겠다는 눈빛으로 나를 보았지만 애써 모르는 체했다. 내가 가볍게 운운할 사안이 아니라 판단했기 때문이다.

"요리코 씨한테 무슨 일이 생긴 거니?"

고모의 물음에 호타루는 발끝을 바닥에 대고 의자를 좌우로 천천히 몇 차례 돌리다가 멈추었다.

"절도."

고모가 무슨 말이냐며 고개를 갸웃거리자, 호타루는 손가락으로 입술을 문지르며 엷은 미소를 띠었다.

"절도죄로 붙잡혔어요."

"지금 어떤 상황인데?"

호타루는 자기도 모르는지 고개를 저었다.

"아, 어디 있는지는 알아요. 도치기예요. 도치기 교도소에 있어요."

고모는 말을 잇지 못했다. 지인이 수감 중이라는 사실을 들으면 누구라도 혼란스러운 게 당연하다.

"절도로 실형을 받은 거야?"

"상습범이었어요. 자업자득이라고나 할까."

"어쩌다 그렇게."

고모는 얼굴 근육이 마비된 듯 내내 얼굴이 일그러졌다.

"처음은 내가 4학년일 때 책방에서 책을 훔치다가 붙잡혔어. 너무 충격이었어. 하지만 엄마는 미안하다며 빌었어. 그랬

는데 계속하는 거야. 훔치다가 또 붙잡히고, 다시는 그러지 않
겠다고 또 말하고."

호타루는 손끝으로 입술을 만졌다.

"엄마가 혼나는 모습을 보는 게 너무 비참했어."

고모가 마음고생이 심했겠다고 위로하자, 호타루는 살며
시 눈을 감으며 아빠가 있어서 괜찮았다고 말했다.

나와 고모의 눈이 마주쳤다.

호타루는 아버지의 딸이 아니다. 고모에게 그 이야기를 들
었을 때만 해도 호타루가 우리를 속였다고 의심했다. 하지만
낮에 고모와 내가 나눈 이야기를 들은 호타루는 나를 째려보
면서 말했다.

—우리 아빠 맞아.

그때 호타루는 화나 있었다.

"고하루 아주머니는 엄마를 알고 있었네요."

호타루가 가라앉은 목소리로 말하자, 고모는 작게 한숨을
쉬었다.

"역시 들었구나."

호타루는 고개를 끄덕였다.

"언제부터?"

"남매가 아니라는 얘기부터."

"······. 그동안 말 안 해서 미안해."

호타루에게 사과한 고모는 조금 전 내게 한 말을 담담하게 이야기했다.

삼십 분 가까운 시간 동안 호타루는 가만히 이야기를 들었 다.

"나 말이야, 처음에 그 사진 봤을 때 깜짝 놀랐어. 내 눈앞 의 여자애가 요리코 씨의 딸이구나, 그때 신사에서 본 아기였 구나 해서 말이야."

고모가 말을 마치자, 호타루는 길게 한숨을 내쉬고는 천장 을 째려보듯 시선을 위로 올렸다.

"엄마는 도망쳤어요."

"도망쳤다고?"

"엄마는 항상 그래. 힘들거나 상황이 안 좋아지면 자꾸 도 망가려 해. 분명 그때도 그랬을 거야. 임신한 이후 무언가 상 황이 안 좋아져서 전부 내팽개치고 도망쳤어. 하지만······. 아 빠는 너무 착해서. 구제 불능인 엄마를 내버려두지 못했을 거 야."

"호타루, 알고 있었구나. 다카히라 유노스케가 아버지가 아니란 사실을."

호타루는 고모의 시선을 피하고 나를 바라봤다. 무언가 말하고 싶어 하는 듯한 눈빛이다.

"속일 생각은 없었지만, 결과적으로 그렇게 되었네……. 하지만 거짓말은 아니야. 나에게 아빠는, 역시 아빠뿐이니까. 예전부터 그렇게 불러왔고."

말을 마친 호타루는 다소 겸연쩍어하며 어릴 적 이야기를 털어놓았다.

호타루는 초등학교 3학년 때까지 강변에 있는 작은 맨션에서 엄마와 둘이 살았다.

미용사인 엄마는 맨션에서 가까운 오래된 미용실에서 일했다. 60대 후반 부부가 운영하는 미용실은 손님 대부분이 지역 주민들로, 평판이 좋아 항상 손님들로 북적였다.

사장님 부부도 호타루를 예뻐했다. 아이 혼자 집에 혼자 두는 게 가엾다며 학교를 마치면 가게에서 지내도록 배려해 주었다. 호타루는 엄마가 일을 마칠 때까지 가게 구석 식탁에서 숙제하거나 그림을 그리거나 손님과 이야기하며 지냈다.

그러는 사이 가게 수건을 접거나 청소를 도와주게 되었다. 대단해, 호타루 양 너무 잘한다며 어른들에게 칭찬받는 게 기뻤던 호타루는 신이 나서 미용 일을 거들었다.

호타루는 그때의 몇 년이 가장 행복했다고 말했다.

생활에 균열이 일어난 것은 초등학교 3학년 여름이었다. 사장님 부부 중 마사코 할머니는 몸 상태가 나빠지면서 입원해야 했다. 당시 호타루는 자세한 이야기까지는 몰랐지만, 퇴원 후 머지않아 가게를 닫기로 했다는 소식을 들었다.

요리코 씨는 미용 실력을 인정받아 도내 대형 미용실에서 스카우트 제의를 받았다. 그 영향으로 미용실과 가까운 맨션으로 이사를 하게 되고 호타루는 전학을 갔다.

새로 일하게 된 미용실은 강변에서 일했을 때와 180도 달랐다. 우뚝 솟은 빌딩 1, 2층에 자리 잡은 가게에는 시술대가 줄지어 늘어서 있었고, 휘황찬란한 매장 내부에서 젊은 미용사들이 구슬땀을 흘리며 열심히 일하고 있었다. 당연히 아이들이 지낼 공간은 없었다. 호타루는 낯선 동네에서, 낯선 학교생활을 시작하고 방과 후에는 다다미 6장 크기(약 3평)의 맨션에서 홀로 엄마의 퇴근을 기다리는 나날을 보냈다.

밤 10시가 넘어 돌아오는 엄마는 씻지도 않은 채 곧장 이불을 덮어쓰고 잤다. 매일 그런 생활의 연속이었다.

1년쯤 지난 어느 날. 편의점에 갔다 오겠다고 말한 엄마는 절도 혐의로 붙잡혔다. 역 앞에 있는 책방에서 잡지 2권을 훔치다가 걸린 것이다.

그게 시작이었다.

당시 엄마의 신원을 보증해 준 사람이 다카히라 유노스케였다. 유노스케는 엄마와 오랜 친구로 호타루의 이름을 지어 준 장본인이었다.

아저씨는 호타루가 어릴 때부터 매년 몇 차례고 선물을 들고 왔다. 아저씨가 오는 날이면 엄마는 평소보다 꼼꼼하게 방을 청소하고, 옷차림에 신경 썼다. 호타루는 어딘지 들뜬 엄마의 모습을 보는 게 좋았다.

'엄마, 혹시 아저씨 좋아해?' 언젠가 어린이집을 다닐 때 물어본 적이 있다. 엄마는 호타루의 질문에 깜짝 놀랐지만 곧이어 좋아한다고 답했다. '그럼 결혼하는 거야?'라고 묻자.

"호타루가 마사코 할머니를 좋아하는 것과 비슷해. 호타루는 마사코 할머니와 결혼하고 싶니?"

"아니."

"그렇지?"

엄마의 말이 가슴에 쿵 하고 와닿았다. 좋아한다는 데는 여러 종류가 있구나 하고.

책방에서 전화가 걸려 왔을 때 호타루는 곧바로 아저씨에게 연락했다. 아저씨 외에는 의지할 사람이 없었기 때문이다.

아저씨는 호타루에게 걱정하지 말라며 말하고는 몇 시간 후에 엄마와 함께 집으로 돌아왔다. 너무 운 나머지 퉁퉁 부은 얼굴로 미안하다며 연신 사과하는 엄마의 모습에 호타루는 말없이 끌어안는 것 외에는 달리 아무것도 할 수 있는 게 없었다.

그 후 엄마는 직장을 자주 쉬더니 석 달 후 두 번째 절도 혐의로 붙잡혔다.

"돌이켜 보면 두 번째 절도가 아니라 붙잡힌 게 두 번째인 것 같아."

말을 마친 호타루의 표정이 아주 살짝 누그러졌다.

"그 당시 전보다 아저씨가 자주 집에 놀러 왔고 엄마가 일하러 가면 둘이 장도 보고 카레도 만들었어. 그러다 결국 왜 우리 집만 아빠가 없냐고 물었어."

어릴 적부터 엄마는 아빠에 관해 한 번도 이야기해 준 적이 없었다. 그 때문인지 호타루는 자기도 모르게 줄곧 아빠란 존재에 대해 묻지 못했다고 한다.

"매일 아빠 생각을 한 건 아니야. 다만 운동회나 어버이날,

또는 엄마가 불안해졌을 때 정도였을까.”

호타루는 혼자 중얼거리듯 말하고 엷은 미소를 띠었다.

“그렇다면 이 아저씨를 아빠라고 생각하라고, 한번 말해보라고 해서.”

그렇게 아버지는 호타루의 아빠가 되었다고 한다.

◇

“정말 오빠다워.”

고모가 쓴웃음을 지었다.

“엄마는 안 된다고 했지만, 아빠는 자기가 호타루 이름을 지어준 사람이니까 꼭 거짓말도 아니라며 너무 심각하게 생각하지 말라고 했어.”

호타루는 아빠라고 부르게 된 경위를 알려주었다.

“……. 그런데 어째서 아버지가 네 이름을 지은 거야? 역시 우리 아버지랑 어떤 관계가.”

고모가 고개를 가로저었다.

“오빠가 유독 호타루 가족을 신경 쓰는 이유는 호타루 아버지가 오빠의 둘도 없는 친구였기 때문이야.”

고모는 말을 마치고는 천천히 눈을 감았다.

아버지와 호타루의 아버지가 절친한 사이.

"호타루가 태어나기 전에 사고로 목숨을 잃었어."

호타루의 아버지는 호타루가 태어나기 두 달 전, 비가 내리는 날 건물 계단에서 굴러떨어져 죽었다. 고모 말에 의하면 초췌해진 요리코 씨를 돌본 사람이 아버지였다고 한다.

"오빠도 그랬지만 그 이상으로 에리 씨가 더 걱정했나 봐."

"어머니가?"

"에리 씨도 너를 막 낳은 직후였으니까. 자기 모습과 요리코 씨가 겹쳐 보였던 게 아니었을까."

고모가 입술을 꽉 깨물었다.

"내가 요리코 씨의 근황을 알게 된 것은 신사에서야. 신사에서 호타루를 품에 안은 요리코 씨와 그 옆에 서 있는 오빠를 우연히 만났지. 나중에 오빠를 끈질기게 추궁한 끝에 알아냈어. 이름도 그때 지었다고 해. 요리코 씨가 아기 이름을 지어달라고 부탁했대."

그래서 정한 이름이 호타루. 둘도 없는 친구의 자녀도 똑같이 한자 한 글자.

"아버지 참 한결같네."

내가 쓴웃음을 짓자 고모는 호타루를 보며 입가에 미소를 머금었다.

"호타루 아버지 이름은 호토무라 히사시야."

호토무라…….

"신랑 측 부모가 둘의 결혼을 완강히 반대했대."

두 사람은 무자비한 방법까지 동원해서 둘 사이를 떼 놓으려고 한 호토무라 씨 부모로부터 도망치기 위해 아무에게도 말하지 않고 사랑의 도피하듯 도쿄를 떠났다고 한다. 그로부터 몇 달 후, 호토무라 씨는 사고로 목숨을 잃었다.

"그가 사망할 당시 아직 혼인 신고를 안 올린 상태였어. 하지만 요리코 씨한테는 오히려 행운이었을 거야. 만약 혼인 신고를 올렸다면 태어난 아기, 호타루는 저쪽에 빼앗겼을 가능성이 컸을 테니까."

"무슨 막장 드라마도 아니고."

혼잣말로 중얼거린 호타루를 보며 참지 못 하고 웃고 말았다.

호토무라 씨였구나. 살아 계셨다면 호타루의 성은 호토무라가 되었…… 겠지.

"그래서였나."

내가 불쑥 입을 열자 호타루가 충혈된 눈으로 바라봤다.

"고하루 고모, 호토무라라는 한자는 이렇게 쓰지 않아요?"

나는 허공에 손가락을 움직였다.

반딧불이 '형'에 마을 '촌'.

── 蛍 村 ──

고하루 고모가 애틋한 표정을 지었다.

"요리코 씨에게 작명 부탁을 받은 오빠는 고민 끝에 '호타루'는 어떠냐며 물었대. 태어날 아이는 호토무라의 성을 쓰지 못하지만, 아기한테 아빠가 있었다는 사실을 남기고 싶었다고."

호타루가 입술을 깨물었다.

"한심해."

"그래? 아버지치고 보기 드물게 잘한 일 같은데."

내 말에 호타루는 고개를 세차게 흔들었다.

"한심한 건 엄마야."

"호타루······."

"결국, 결혼에 반대한 사람들 말을 들어야 했어. 아빠는 엄마랑 사랑의 도피 따위 안 했으면 죽지 않았을 거야."

분을 참지 못했는지 호타루의 목소리가 격앙됐다.

지금 같은 상황에서 무슨 말을 해줄 수 있을까.

나라면, 나였다면, 어쭙잖은 위로 따위는 듣고 싶지 않을 것이다. 그 마음 이해한다고 말할 바에야 아무 말 없이 있는 편이 백배 천배 낫다.

"딸은 어머니한테 엄격하다고 하더니, 사실이었네."

고하루 고모 지금 상황에 굳이 그 이야기를⋯⋯. 나도 남 말할 처지는 아니지만 고모도 참 어지간하다.

"아무것도 모르면서."

호타루가 목소리를 곤두세우자 고모는 미안하다고 말한 후, 할 말이 남았다는 듯 다시 입을 열었다.

"하지만 호타루가 모르는 요리코 씨의 모습도 있는걸. 내가 기억하는 요리코 씨는 매력 넘치는 사람이었어. 일도 꼼꼼히 하고 사람들이 기피하는 일도 싫은 내색 없이 해내고. 호타루가 일하는 모습을 보면, 역시 쏙 빼닮았던데."

"그만!"

호타루가 시선을 돌리며 악을 쓰고 소리 질렀다.

"엄마가 교도소에 수감된다는 말을 들었을 때 내심 안심했어. 이제 더는 불안에 떨지 않아도 돼. 기대를 배반당하는 일도 더는 없을 거야."

"그렇다면 너는 왜 물건을 훔친 건데."

결국 입 밖으로 꺼냈다. 전부터 마음에 걸렸지만, 엄마에 관한 이야기를 듣고 나서는 더더욱 이해할 수 없었다.

절도는 호타루를 가장 괴롭히고, 가장 증오한 행위였을 텐데. 왜 하필 그 방법을.

"나리는 역시 순진해."

호타루의 뺨이 미세하게 떨렸다.

"뭐 보태준 거 있냐."

지금 상황에 할 말은 아니었던 것 같다. 하지만 지금이기에 앞뒤 가리지 않고 말할 수 있기도 했지만.

"왜 훔친 건데?"

재차 물어보자 호타루는 귓불을 매만졌다.

"알고 싶었어."

"그래서 뭘 알았어?"

내 질문에 호타루는 천천히 고개를 가로저으며 웃었다.

5 중요한 것은

주방에 놓은 달력을 한 장 떼어 내자, 지토세아메 봉지를 손에 쥔 어린아이 그림에서 크리스마스트리와 눈사람 그림으로 바뀌었다.

오늘부터 12월이다.

"나리, 동생들 좀 깨워줘."

고하루 고모가 버터 바른 식빵을 토스터에 넣으며 말했다.

복도 쪽으로 얼굴을 내밀어 알겠다고 답한다.

"다마키, 도모에, 가나데, 호타루!"

계단 밑에서 큰 목소리로 넷의 이름을 부른다.

발가락 골절상을 입었던 고모는 무탈하게 완치한 후 우리 집 아침밥 담당으로 취임했다. 덕분에 아침 메뉴가 쌀밥에서 식빵으로 바뀌었다.

치이익, 노릇노릇하게 구워지는 베이컨 냄새가 코를 자극한다. 빵과 쌀밥 중에 고르라면 무조건 쌀밥이지만, 베이컨 에그 토스트는 의심할 여지 없이 늘 맛있다.

"안녕."

가장 먼저 내려온 사람은 이번 주부터 고등학교에 복학하는 호타루다. 우편함에서 꺼내 온 신문을 아무 말 없이 거실 소파 테이블 위에 놓는다. 신문을 집으며 고맙다고 하자 호타루는 못 들은 척 냉장고에서 우유를 꺼냈다.

다 들었으면서.

호타루는 신이 나거나 기쁠 때면 콧방울이 살짝 벌름거린다. 그 버릇을 최근 들어 알게 됐다.

다음으로 기스케를 찾아다니던 가나데가 내려왔다. 보온 물주머니 대신 안고 잔 기스케가 이불 밖으로 나가자 추워서 깼다고 하는데, 어쨌든 아침에 스스로 일어날 수 있게 된 점은 장족의 발전이다.

"다마키! 도모에! 일어나 밥 먹으렴!"

고모가 샐러드를 담은 접시에 베이컨에그를 능숙하게 올리고는 더 넣을 게 있다며 냉장고에서 유리그릇을 꺼냈다.

"뭐야 그건."

"팥앙금."

"그건 왜?"

"토스트에 발라서 먹으려고. 오구라토스트(구운 식빵에 단팥과 마가린 또는 버터를 발라 먹는 음식) 같은 거야."

"빵에 팥을 넣어?"

"그래. 나고야에서는 '아침 식사'하면 오구라토스트거든.

요즘 얼마나 핫 한데.”

고모는 3일 전, 이벤트 출장 일이 들어왔다면서 2박 3일로 나고야를 다녀왔다. 출장은 절반만 맞고 절반은 거짓말이다. 고모는 일을 마친 후, 이전에 엽서를 보낸 사이다 씨를 만나러 갔다.

사이다 씨가 사는 곳은 아담한 여관이었다.

오래전 할아버지 할머니가 민박을 하던 시절 지인이 운영한 곳으로, 아버지는 한동안 그곳에서 지내면서 여관 홈페이지나 여름 축제 전단지를 만들고 업무를 하면서 병원에 다녔다고 한다.

사이다 씨 말로는 아버지가 혈액 질환을 앓았다고 했다.

9월로 접어든 어느 날, 아버지는 달랑 편지 몇 줄만 남긴 채 자취를 감췄다.

편지 안에는 지금껏 신세를 진 것에 대한 감사 인사와 가족에게 자기 신변을 알리지 말아 달라는 내용이 쓰여 있었다고 한다.

—아이들에게 병상에 드러누운 부모의 모습을 보여주고 싶지 않아.

그런 식의 내용이 적혀 있던 것 같다. 혈액 질환에 걸렸다는 말에 깜짝 놀랄 정도로 충격을 받았지만, 왠지 모르게 이해가 갔다.

어머니가 입원할 당시, 말로는 괜찮다고 하면서 날이 갈수록 수척해지는 모습이 여전히 기억에 남아있다. 진통제 때문인지 의식이 몽롱해지고, 어린애처럼 울다가 점점 동생들도 나도 알아보지 못했다. 어머니가 더는 어머니가 아니게 되어가는. 그 사실이 너무 막막했다.

현재 아버지의 질환을 아는 사람은 고모와 나 둘뿐이다.

우다다다. 2층에서 다마키와 도모에가 앞다투어 계단을 내려온다.

"도모에가 내 머리핀 마음대로 가져갔어!"

"아니야! 준 거잖아. 저번에 내가 산 만화책 다마키가 먼저 읽는 대신 머리핀 가지라고 말했잖아."

"빌려준 거야."

"준다고 했어!"

자기만의 루틴으로 생활하는 자유분방한 다마키와 성실하지만 한 번 정하면 뜻을 굽히지 않는 도모에. 정반대의 성격인 둘은 평소에는 사이좋게 지내다가도 걸핏하면 투덕거린다.

호타루가 우리 집에서 살면서부터 한동안 싸움은 일어나지 않았다. 아마 인간의 생존 본능 같은, 자신의 빈틈을 보이고 싶지 않아서였을까?

"도모에 이 바보야!"

"다마키 이 호박아!"

최근에는 완전히 봉인 해제된 상태다.

고모를 포함한 우리 집 식구 모두 이 패턴에 익숙하지만, 호타루는 둘이 싸울 때마다 안절부절못한다. 그래서.

"다마키는 예쁘다기보다는 귀염 상이고 도모에는 고지식하지만 정직한 면이 있어."

칭찬인지 비아냥인지 모를 말로 둘 사이를 중재하려 했으나, 그 말을 들은 다마키와 도모에의 표정이 복잡 미묘하다.

고모는 필사적으로 웃음을 참고는 가나데 옆에 앉아 둘을 향해 빨리 먹으라며 재촉했다.

학교 다녀오겠다며 말하고 자전거에 열쇠를 꽂는데 호타루가 머플러를 두르고 나오며 춥다고 몸을 움츠렸다.

"중간까지 같이 가자."

고개를 끄덕이고 옆에서 자전거를 끌고 갔다.

언제였을까. 오늘처럼 둘이 걸었던 기억을 더듬으면서 처음 만난 날을 떠올렸다.

절도녀가 난데없이 배다른 동생이라고 밝히면서 우리 집

에서 살겠다고 따라왔었지.

"매번 생각하는데 그 자전거 너무 안 어울려. 뒷자리에 어린이 보호 좌석을 달고 학교 가는 남자가 어디 있어."

"뭐 보태준 거 있냐."

곁눈질로 째려보자, 호타루는 픕 하고 웃으면서 내 앞으로 돌아섰다.

"나는 싫지 않아. 하지만 슬슬 뗄 때도 좋지 않을까?"

그러고 보니 가나데도 요즘 내 뒤에 앉으려 하지 않는다. 보호 좌석을 떼는 일쯤은 간단하지만, 어째서인지 생각만 하고 그대로 달고 다닌다.

원래 어머니가 타고 다닌 자전거였다. 가나데가 아직 2살일 때, 어린이집에 데려다줄 용도로 샀다.

월요일부터 금요일까지 하루도 빠짐없이, 맑은 날도 비 오는 날도 뒷자리에 가나데를 태우고 '출발!'하고 외치며 자전거 페달을 밟았다.

나나 다마키, 도모에보다 엄마와 함께한 시간이 짧은 가나데에게는 엄마의 추억이 서린 몇 없는 물건 중 하나다.

어머니가 돌아가신 후에는 어린이집을 졸업할 때까지 아버지가 매일 가나데를 데려다주었다.

곧 떼겠다는 말에 호타루가 내 얼굴을 들여다본다.

"얽매여 있으면 앞으로 못 나아가."

호타루는 익살스러운 표정으로 '경험자가 해 주는 충고'라고 덧붙이고는 역으로 뛰어갔다.

얽매여 있다라……. 마침 내가 생각한 부분을 어떻게 호타루가.

소름 돋아!

역으로 달려가는 호타루의 뒷모습을 보며 잠시 초능력자일지도 모른다고 생각하다가 그만 실소를 터트렸다.

한집에서 같이 살면 그 정도 눈치채는 게 어쩌면 당연할지 모르겠다.

힘껏 페달을 밟았다.

호타루는 앞으로 나아가기로 결심한 듯하다. 하지만 그 방법이 인연을 끊는 것과는 조금 다르다.

호타루는 여전히 어머니에게 편지를 쓰지 않고 있다. 어머니가 자기 편지를 손꼽아 기다리는 것도, 그에 얽매이는 것도 싫기 때문이라며.

대신 딱 한 번 면회를 갔다. 둘이 어떤 이야기를 나눴는지는 나도 고모도 묻지 않았다.

하지만 무언가 떨쳐 낸 듯한, 홀가분한 얼굴로 집에 돌아온 호타루의 모습에 우리는 평소처럼 어서 오라고 말했다.

그 말로 충분하다.

저녁 식사 후 다마키와, 도모에, 가나데 셋은 텔레비전 앞에서 뒹굴뒹굴하며 놀고, 호타루와 나는 식탁에서 기말고사 공부를 하는데 고모가 커다란 골판지 상자를 들고 왔다.

"뭐야, 그게?"

동생들이 우르르 상자 주위로 모였다.

"짜잔!"

고모가 먼지 쌓인 뚜껑을 여니 안에는 전구와 별, 종 등 다양한 장신구가 들어 있었다.

"우와 예뻐!"

다마키가 상자 안 물건을 하나둘 꺼냈다.

"창고를 청소하다가 찾았어. 우리 같이 꾸며볼까?"

"좋아요!"

동생 중 제일 목청이 큰 호타루가 손을 번쩍 들고 답했다.

"그래. 그러면 다 같이 달아보자!"

조립식으로 된 거대한 크리스마스트리를 거실에 세워 놓자 동생들이 하나둘 장식을 예쁘게 수놓았다.

호타루와는 남매 사이가 아니게 됐지만 그렇다고 타인도 아니다. 친구도, 가족도, 물론 사귀는 사이도 아니다. 우리와 호타루의 관계는 동료에 가깝다고나 할까.

아니, 모르겠다.

물을 마시러 가는데 고모도 한 컵 달라며 뒤따라왔다.

"그러고 보니 전부터 신경 쓰였는데 말이야."

내 말에 고모는 동생들을 바라보며 무슨 일이냐고 물었다.

"요리코 씨가 어디 있는지 알았는데, 왜 가보지 않을까 궁금해서."

고하루 고모는 신사에서 우연히 만난 아버지를 추궁해 요리코 씨의 근황을 알아냈다. 주소도 아버지에게 물었으면 알아냈을 텐데 묻지 않았다. 결국 만나러 가지 않았다. 왠지 고모답지 않다.

고모는 피식 웃으며 '질투'라고 답했다.

"나도 호토무라 씨를 좋아했어. 오빠랑 친하다 보니 우리 집에 자주 놀러 왔거든. 무척 듬직하고 리더십 있는 사람이었어. 그래서 오빠가 이야기했을 때 처음에는 배신당한 기분이 들었어. 그보다는 단순히 서운한 나머지 요리코 씨를 질투한 거였지만 말이야. 참 바보 같지."

'그건 그렇네.' 하며 고개를 끄덕이자, 고모는 느닷없이 팔꿈치로 내 옆구리를 가격했다.

"맞잖아. 호토무라라는 아버지 친구는 고모랑 하나도 안 어울리는걸."

"뭐?"

"고모는 누가 리드해 주는 거 안 좋아하잖아. 걷다가 앞에 누가 있으면 저리 비켜! 하고 밀쳐 내는 성격이고."

"……. 내가 그렇게까지 고약해?"

"호토무라 씨는 보는 눈이 있었던 거지. 요리코 씨는 마음 여린 부분이 있었던 거고. 그 대신 딸이 드세졌다고나 할까."

우리 둘 다 이를 드러내고 활짝 웃는 호타루를 보며 멋쩍게 웃었다.

아버지는 여전히 한 달에 한 번 내가 없는 시간대를 틈타 우리 집에 전화를 건다.

'그래서 뭐라고 하셔?'라고 물으면 다마키는 다들 잘 지내냐고 물었다 하고, 도모에는 아버지가 감기에 걸려 목소리가 갈라졌다고 대답했다. 가나데는 괴수 목소리였다며 깔깔댔다.

망할 아버지.

지금 어디서 무슨 일을 하는지 그 이후로 아무 단서도 찾지 못했다. 이런 식으로 우리 눈앞에서 자취를 감춘 이유는 사실 우리를 위해서가 아니라 아버지 스스로 동생들, 그리고 고모와 내가 슬퍼하는 모습을 보기 힘들어서…… 아니었을까?

그런 생각이 들자 더는 찾아다니지 않게 되었다. 하지만 아버지의 부탁 때문만은 아니다.

아버지도 우리도 전부 약한 존재다. 약하고 겁쟁이에. 그 사실을 알게 되었으니.

오기를 부리고 억지로 버틴다 해도 언젠가 고독함을 견디지 못하는 순간이 찾아오면 돌아올 것이다. 우리가 있는 곳으로.

그때까지 이곳에서 기다리려 한다.

이 선택이 옳은지 어떤지 모르겠지만, 인생이란 좋고 나쁨을 판단할 수 없으니까. 아주 조금은 깨달은 듯하다.

고하루 고모는 '내 눈에 띈다면 멍석에 말아서 마구 때릴 거야.'라고 무시무시한 소리를 했지만.

─얽매여 있으면 앞으로 못 나아가.

호타루의 말을 떠올리며 나도 모르게 말아 쥐었던 주먹을 느슨하게 풀었다.

소중히 간직하고 싶은 것은 얽매이지 않아도 사라지지 않아. 없어지지 않아. 잊혀지지도 않아.

그러니 살며시 가슴속 안에 품어 두자. 그걸로 충분해.

지금 이 순간 필요한 것은 현재를 살아가는 거니까.

옆에 있는 누군가의 손을 붙잡고 넘어지면서, 뒹굴면서 울
퉁불퉁한 길을 한 발짝, 반 발짝 나아가면 돼.

그러니 괜찮아.

우리들은 분명 잘 이겨낼 거야.

이토 미쿠

일본 가나가와현에서 태어나, 어린이와 청소년을 위한 작품을 쓰고 있다. 《내 몸무게가 어때서?》 일본아동문학가협회 신인상(2012년), 《하늘로》 일본아동문예가협회상(2014년), 《용서의 자격》 우쓰노미야어린이상(2019년), 《12월 31일의 기억》 노마아동문예상(2020년), 《내 친구는 거짓말쟁이》 히로스케아동상(2021년), 《내일의 행복》 가와이하야오이야기상(2022년), 《쓰쿠시와 언니》 산케이아동출판문화상(2022년) 수상. 그 외에도 《엄마 사용 설명서》 《초이틀 초승달》 《카네이션》 《우리 집 고양이 이야기》 《나, 언니 안 할래!》 등 다수의 화제작을 발표했다. 일본 아동 문학 동인지 연락회 '계절풍' 문학 동인 소속.

이토 햄스터

다마미술대학 유화학과 졸업. 사카가와 에이지가 운영하는 일러스트레이션 '클리릭' 수강 후 프리랜서 일러스트레이터로 활동을 시작. 표지를 작업한 주요 작품으로 《어린이 육법》 《어린이 안전 카드》 《겐지모노가타리 해부도감》 《그래도 세계는 조금씩 좋아진다》 《이런 사람 주위에 꼭 있지~》 등 다수 작업.

나의 열일곱

발행	2024년 12월 26일
지은이	이토 미쿠
편집	서정빈 김혜영
일러스트	이토 햄스터
디자인	라마
등록	2022년 2월 11일
주소	10938 경기 파주시 조리읍 두루봉로 40
전화	070-4849-5119 팩스 070-8677-3931
이메일	choonybook@naver.com
ISBN	979-11-93277-14-0(43830)

춘희네책방은 ㈜베스트비의 임프린트입니다.

Original Japanese title: BUMPY Copyright © 2022 Miku Ito Original Japanese edition published by Say-zan-sha Publications, Ltd. Korean translation rights arranged with Say-zan-sha Publications, Ltd. through The English Agency (Japan) Ltd. and Danny Hong Agency